廖玉蕙

古典其實並不遠。

中國經典小說的25堂課

序

驚堂木一拍！

廖玉蕙

你喜歡在寒冷的冬夜，躲進棉被裡聽《聊齋誌異》裡的鬼故事嗎？你喜歡在夏日的午後捧讀《儒林外史》，靜靜的陪著王冕畫荷花嗎？你喜歡在考試的緊箍咒發威時，和賈寶玉齊聲咒罵學測的無趣嗎？還是想在單調的課堂上，發願隨著唐僧、孫悟空、豬八戒翻山越嶺去冒險取經？

小說令人「浸」與「迷」的魔力

梁啟超對小說有深刻的研究，他認為小說之所以迷人，是因為小說有讓人不知不覺之間眼識迷漾、腦筋搖颺、神經營注的魅力。

有人讀小說，往往在看完之後的數日或數十日內還不能釋懷；有人則在閱讀小說的剎那，對人生問題有所頓悟。

而小說之所以具備這樣的魔力，全在於「浸」和「迷」。有趣的故事教人莞爾；悽惻的小說引人垂淚；豪氣的文章讓讀者恨不能立起追隨，和主角交上朋友；遇到壞人橫行的章節，則又奮臂攘拳、簡直就想跟他拚上一命。小說感染力之深，無與倫比，稗官野史上不乏相關的記載：有人看了《三國演義》，崇仰關公的義薄雲天，幫他蓋起大廟，日夜膜拜；也有人因為氣憤曹操「寧教我負天下人，莫教天下人負我」的狹小胸襟，將《三國演義》上寫到曹操的部分悉數挖空，以洩心頭之恨！

各具特色的小說形式

中國傳統的小說園地，從神話、寓言、志怪、傳奇、平話一路直達章回小說：形式由短篇而巨製；內容由簡單到複雜；表現手法由粗糙到精緻，堪稱各具特色、風姿綽約，相當迷人！

神話故事裡寄寓著帝王將相、販夫走卒永生不死的希望；志怪小說中，人鬼交鋒，好不熱鬧！世說新語裡充滿機智巧言、幽默調笑的千古人物；唐人傳奇裡最多哀感頑豔的愛情和結伴同行的俠客；宋代平話中則滿布市井小民的悲歡離合與愛憎生死。

明清小說有如百花爭豔，教人眼花撩亂：三國故事裡神機妙算的諸葛亮、水滸裡雪夜上梁山的林沖、踢翻八卦爐卻逃不出如來佛掌心的孫悟空、《儒林外史》裡那些被聯考整得昏天暗地的潦倒書生、紅樓夢中鬧三角戀愛的寶玉、寶釵和黛玉，當然還有《鏡花緣》裡以血肉之軀遍歷生死的唐小山……在在都已經成為中國人耳熟能詳的最佳精神伴侶。

古典並不遙遠

有人說，如果拿盤古開天到人類毀滅當做一天，那麼，孔子離開我們才只有五分鐘，他坐過的椅子還殘留著他的體溫和熱情。這個比喻很有意思！它告訴我們：古典並不遙遠，如果好好重溫，不但可以了然古人的心事，或許還可以從中看到和現代人同樣的悲傷和快樂、溫柔與奸詐。

請容許我從高處的書架上取下《山海經》、《世說新語》、《太平廣記》、馮夢龍的《三言》、凌濛初的《兩拍》，再翻出《三國演義》、《西遊記》、《紅樓夢》和《聊齋誌異》……，學古人先拍拍書上的灰塵，再放到陽光下晒一晒。然後，請各位聚攏過來，安靜的坐下，我馬上就要翻開書、拍下手中的驚堂木了！讓我開始說些故事給你們聽……

註：驚堂木：舊時審判官在公案上所置的小木塊，用以拍打桌面，警戒罪人。說書人使用的驚堂木，在開講前一拍，意在告訴聽眾，請保持安靜。

驚堂木一拍！

廖玉蕙

目錄

目錄

第一部　短篇小說

第一篇 神話

變形神話：我變，我變，我變變變！

推原神話：人狗一家親

創世神話：盤古開天，女媧補天

自然神話：夸父追日，嫦娥奔月

變形神話：我變，我變，我變變變！

在遠古時代，人類並沒有覺得自己和熊、虎、龍、鳥……等有什麼區別，甚至天真的以為彼此可以自由轉化。變形神話就在這樣的觀念下誕生。

所謂的變形通常有兩種：一是死後化為異類，以變形替代死亡，人物精神因此成為不朽；一是英雄人物為完成任務而發生的變形。前者就像〈精衛填海〉，後者可以拿〈鯀〉來做為代表。

小小鳥兒志氣高

精衛填海的故事出自《山海經・山經・第

三卷・北山經》。

發鳩山上長了很多桑樹。樹林中有一種鳥，模樣像烏鴉，頭上羽毛有花紋，白色的嘴，腳是紅的，名叫精衛。牠的叫聲就像在呼喚自己的名字。傳說牠是炎帝小女兒——女娃的化身。有一回，女娃去東海遊玩，不幸溺水而死，再也沒有回來。她變成一隻精衛鳥，經常叼著西山上的小樹枝和石塊，想填平東海。濁漳河就發源於發鳩山，向東流去，注入黃河。

這是一篇小而美的神話，除了對比手法的運用外，「其鳴自詨」，用呼喚自己名字的哀鳴呢喃，成功刻劃出精衛楚楚可憐的模樣；「常銜西山之木石」的「常」字，更準確鎖定精衛堅持填海的毅力：她經年累月來來去去，銜

精選原典

發鳩之山，其上多柘木。有鳥焉，其狀如烏，文首、白喙、赤足，名曰精衛，其鳴自詨。

是炎帝少女，名曰女娃。女娃遊於東海，溺而不返，故為精衛。

常銜西山之木石，以堙於東海。漳水出焉，東流注於河。

著細小的石塊、樹枝，企圖填平讓她飲恨的東海，這種理智上看來徒勞無益的行為，從情感上想去卻讓人感到十分悲壯，甚至肅然起敬。

苦民所苦的抗命英雄

至於〈鯀〉這則神話，見於《山海經．海內經》。描寫洪水氾濫成災，著急的鯀，等不及天帝下令，便偷了神土息壤去治水。天帝知道之後，非常生氣，立刻命令火神祝融在羽山的郊外殺了鯀。死去的鯀精神不死，從肚子裡長出繼承者——禹，天帝沒奈何，只好還是讓禹拿著息壤繼續去做平治洪水的工作。

有趣的是，神話不停的在不同的族群、部落中傳播，經常會產生不同的發展，這則洪水故事也是如此。

上述「鯀」的傳說，顯然對鯀抱持同情的態度，甚至將他塑造為一位苦民所苦的抗命英雄。但在不同名字卻寫相同事件的「共工」（共工發音跟鯀一樣，顯然指的是同一人）傳說中，卻說他使用不當的防堵方法治水，引發洪水氾濫，所以才被天帝給殺了。鯀在這

精選原典

洪水滔天，鯀竊帝之息壤以堙洪水，

不待帝命，帝令祝融殺鯀於羽郊。

鯀腹生禹，帝乃命禹率布土以定九州。

裡不但一點也不偉大，甚至根本只是一位治水無方的失敗者。

這則故事之所以被歸類為變形神話，是根據《山海經》另一則記載。鯀死後三年都不腐爛的身體，用刀子剖開後，竟然化為一條黃龍飛走了！（《國語．晉語》裡則說「化為黃熊」）這裡面隱含的意義很不尋常。鯀在活著的時候，不顧個人安危，急於解救人民；死後還整整苦撐三年，孕育了繼承者——禹，持續為他尚未完成的事業努力不懈。更神奇的是，鯀居然在刀口下變身黃龍，一躍進入深水中，更是令人驚奇。

精選原典

鯀死三歲不腐，剖之以吳刀，化為黃龍。

昔時鯀違帝命，殛之於羽山，化為黃熊，以入於羽淵。

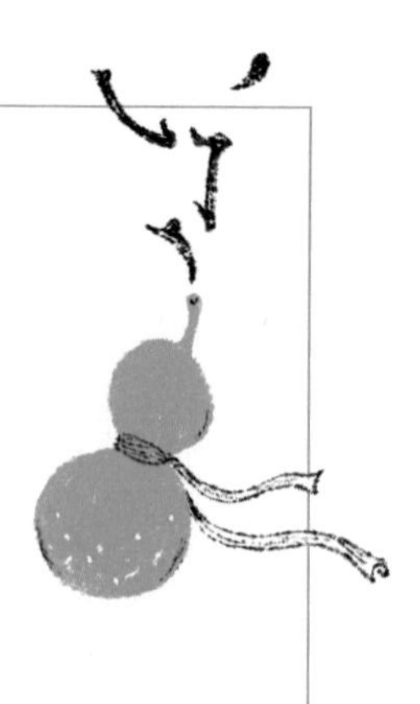

解讀與賞析

人與物之間的自由轉化

〈精衛填海〉這個故事，呈現出古人與大自然抗爭時的大氣魄。滄海雖大，看起來也大不過精衛想要填平滄海的執著和氣概；就像古人面對和他們力量懸殊的大自然時，從未喪失戰勝宇宙的雄心壯志。

〈鯀〉則透過鯀和禹前仆後繼、代代相傳，終於克服自然災害來強調「經驗傳承」的重要。而鯀和禹最後都化為黃熊，進入深水裡，在神話中也告訴我們父子相續的血緣關係。

〈精衛填海〉文長不到一百字，看起來很簡略，但精衛的形象與精神卻十分鮮明。文章利用對比法：「銜西山之木石，以堙於東海」，從西山風塵

僕僕飛到東海，描述飛翔距離的遙遠；用精衛鳥的小、木石的細對比東海的廣和深，摹寫填海工程的艱難；用身軀嬌小襯托性格堅毅；以行動天真凸顯鬥志高昂。另外，篇幅已經很短了，卻還花費筆墨敘寫精衛的長相「文首、白喙、赤足」，也是故意以她優雅鮮麗的形貌對照坎坷不幸的命運。

女娃不甘失足落海，變為精衛；鯀因抗命治水被殺，化為黃龍（或黃熊），兩人都經過死後再生的過程，這也是各民族神話的共同主題。值得注意的是，女娃與鯀的死因都和水有關：女娃溺水，鯀也因治水死去，這和上古時代環境大有關聯。當時交通不便，水是兩地阻隔的界線；又因古人生活於水邊，常有水難，所以古神話常以洪水或死於水中做為離開人間的方式，因為這種死去的惆悵，逼得古人努力尋求再生。於是，我變！我變！我變變變！終於找到變形回歸永恆的方式。

推原神話：人狗一家親

〈盤瓠〉節錄自《搜神記》卷十四，編者為干寶。《搜神記》是一本深具標竿作用的中國小說集，不但是當時志怪的總集，在藝術水平上，也堪稱魏晉南北朝小說中的翹楚。〈盤瓠〉起源於《山海經‧大荒北經》的記載，屬於所謂的「推原神話」，也就是推尋民族起源的神話。故事是這樣的：

高辛氏在位時，皇宮中的一名老婦人罹患耳疾，醫生從她耳朵裡掏出了一枚小繭，順手將

精選原典

高辛氏，有老婦人，居於王宮，得耳疾歷時。醫為挑治，出頂蟲，大如繭。婦人去後，置以瓠蘺，覆之以盤。俄爾頂蟲乃化為犬，其文五色，因名盤瓠，遂畜之。

小繭擱在葫蘆中蓋住。沒料到，不久之後，小繭居然變成一隻五彩（青、白、紅、黑、黃）的狗。高辛氏得知後，便將牠賜名「盤瓠」。

當時，高辛氏與西戎敵對，西戎的吳將軍武藝高強，高辛氏曾多次派兵討伐，都沒成功。無奈之下，以重金、封邑懸賞，甚至下令若有能取得戎吳頭顱者，還能和公主結婚。沒想到不多久，盤瓠竟啣著吳將軍的首級回來。

高辛氏這下子煩惱極了，猶豫著是要履行約定、將公主許配給一條狗？抑或乾脆毀約不理？大臣都反對公主下嫁異類，公主聽到之後卻向父王說：「大王先前將我許給天下，盤瓠既然銜了首級回來、為國除害，這一定是天命如此，否則憑一隻狗哪可能有這等的能耐！做皇上的，就該言而有信，不能因憐惜我，而負約於天下，否則，恐怕會給國家帶來大災難。」

高辛氏害怕，只好聽從女兒的意見，將她許配給盤瓠。

精選原典

盤瓠將女上南山，草木茂盛，無人行跡。於是女解去衣裳，為僕豎之結，著獨力之衣，隨盤瓠升山、入谷，止於石室之中。王悲思之，遣往視覓，天輒風雨，嶺震、雲晦，往者莫至。蓋經三年，產六男六女。盤瓠死，後自相配偶，因為夫婦。織績木皮，染以草實。好五色衣服，裁制皆有尾形。

公主於是隨著盤瓠回到草木茂盛、杳無人跡的南山。她編起髮辮，換下華服，跟著盤瓠登山入谷，居住在石室裡。想念女兒的君王，常常派人前去尋找，卻總是遇上大風雨，山嶺震動、烏雲蔽日，無功而返。

三年後，公主生下六男六女。盤瓠死後，兄妹相互結婚，繁衍後代。他們用木皮編織，用草果染色，喜歡穿彩色衣服，服裝都裁出尾巴的形狀。後來，公

主回到宮中，向君王報告，皇上派遣使臣前去迎接。這回，意外的沒遇上風雨。這些回到宮裡的孩子都穿著色彩鮮豔的衣服，說著奇奇怪怪的語言，蹲著吃飯。他們表示比較喜歡山林生活，不願在喧囂的都市長住久居，皇上也開明的尊重他們的選擇，厚賜他們山林湖海，稱呼他們「蠻夷」。

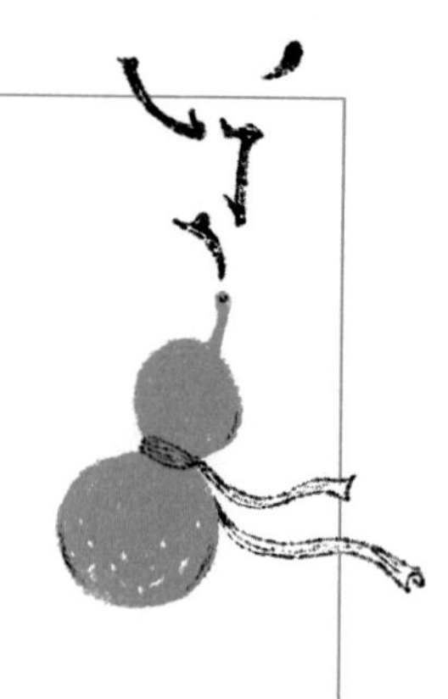

解讀與賞析

人與物之間的自由轉化

這這則人與狗聯姻生子的神話，是血親婚配，還保留原始社會母權制時期的印記，這是每個民族童年時期必經的發展階段。只是，〈盤瓠〉篇幅較一般神話長上許多，可能是因為原本神話內容就較為充實的緣故。

這則神話非常簡潔生動，有幾點特色值得注意：

一、故事十分完整：時間（高辛氏時代）、地點（高辛氏與犬戎國）、人物（高辛氏、盤瓠、公主、戎吳將軍、群臣）、事態（戰爭、招募勇士、君王允婚、人犬婚配、回歸山林、生子、兄妹通婚、走出山林、重回山林）都十分具體，情節曲折，且首尾完足。

第一篇　神話

二、藝術性高：首先，情節依序寫來，前後銜接緊密；且很注意埋伏照應，譬如首段盤瓠「其文五色」，末段就寫「子孫好五色衣服」；前面寫著「遣往覓視，天輒風雨」，後面就呼應「遣使迎諸男女，天下不復雨」。

其次，人物形象鮮明。盤瓠智勇雙全、殺敵護國，固然是民族英雄；公主一角尤其靈動，一派民族英雄的母親形象——堅韌大度。她不但獨排眾議、執意信守承諾、下嫁異類；而且，雖貴為公主，一旦嫁為人婦，立刻變裝「為僕豎之結，著獨力之衣」，親自操持家務，很快融入山居生活。

三、對白運用相當靈活：不管是君王「為之奈何」的徬徨、群臣的獻策解套之說，或是公主識大體的冷靜陳述，

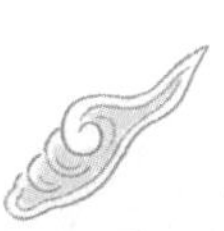

都有效推動故事的開展，口氣也都相當合乎身分，為文章增色不少。這是在此之前的神話所缺乏的。

據前人的研究資料顯示，苗、瑤、畬三族篤信盤瓠是自己的祖先，奉為圖騰，不但嚴禁殺狗、褻瀆狗和冒犯狗，而且每年舉行隆重祭祀儀式，形成特有文化特色。瑤族不但禁吃狗肉，新年祭祖時，還用新收成的稻米餵狗。

這則神話顯示蠻夷的始祖是非漢族人類的狗，而且還是高辛帝所豢養的畜犬，強烈暗示蠻夷居於臣服地位。文章中還說蠻夷「好山惡都」，看起來好像是蠻夷自己的選擇，其實是華夏諸族侵犯蠻苗原住的平地，使得他們不得已才避入群山峻嶺之間。所以，有學者認為這是漢族以自己為中心本位而記載的蠻夷之事。後來的蠻夷雖然警覺到祖先為狗的屈辱，但民間習俗一旦形成，非常難以改變，祭狗的儀式

於是仍舊持續下去。

另有學者持不同的看法。他們研究後發現，〈盤瓠〉中的主要情節（盤瓠殺敵立功，受封並和公主結婚），和史書中對盧戎與楚的戰爭的記載不謀而合，可見歷史上確有其事。只是，關鍵性的盤瓠又怎麼變成狗了呢？

原來這是圖騰標誌惹的禍！人類最早的社會組織都有圖騰形象以區分群體，例如：豹部、鷲部、虎部……等。因為以自己的圖騰做為徽號，人們便直接以圖騰名稱來稱呼他們。久而久之，史實演變成神話，本來以「犬」的形象為圖騰標誌所建立的部族，祖先盤瓠就被誤認成狗了，真是陰錯陽差！

創世神話：盤古開天，女媧補天

盤古開天地

盤古在渾沌如雞蛋的黑暗中過了一萬八千年後，天地開始起了變化：清氣散發變成天，濁氣聚積變成地。盤古一日九變，微妙神奇的能力超越天地。天每日高一丈、地每日厚一丈，盤古每天也長一丈。就這樣經過一萬八千年，天變得很高，地變得極厚，盤古也長得非常修長，天地相距九萬里之遙。

後來，盤古死了。他的氣化成了風和雲；聲音化成雷霆；左眼變成太陽、右眼變成月亮；四肢五體成了四方的山嶽；血和淚流成了奔騰的長江大河；經脈形成地面縱橫交錯的紋理（如河川、道路）；肌肉成為生長五穀的土壤；頭髮鬍鬚轉為星辰；皮毛成為人間草木；牙齒骨頭轉為地下礦藏；汗水成了潤澤萬物的雨露甘霖；精靈魂魄從此變成了人類。

文學小辭典：盤古開天

在創世神話中，這是屬於巨人死後「化為萬物」的類型。這類神話在世界各地都有。北歐有神話，寫霜巨人被殺後，血化為海；骨化成山；頭骨成天空；腦髓變成雲；身體腐爛後的蛆蟲成為人類。印度也傳說Purusha神死後，雙臂化為婆羅門族；腿化為農民；兩腳成為奴隸。

這些跟盤古神話相當類似，都是古人用來解釋人類與萬物的起源，或說明種族階級制度的源起。

造物神女媧

另有一位奇女子，是我國最早的造物神女媧。她理水、補天、造人、主婚、乞雨，還生產萬物，神得不得了！

傳說女媧是「人頭蛇身」。天地初開時，沒有人類，女媧遊蕩四方，覺得很寂寞。她在河邊淺灘上坐下，看到河水映出自己的面影，突然來了靈感。她順手從地上抓起一把黃泥，放些水進去揉合，仿照自己的容貌捏成一個個娃娃；然後，吹口氣就成了活生生的人。

後來，女媧嫌工作進度太慢，乾脆弄來繩子在泥中揮灑，一個又一個的人就蹦出來了，大地上不久就布滿了人類的蹤跡。但是，精細的捏人跟快速的摶土造人終究有所差異。據說，凡是在人間享

受榮華富貴的，都是先前女媧親手捏造的，而貧賤凡庸的，都是後來粗製濫造的。

女媧為了使人類不致滅絕，還想出了婚配的辦法，讓人類綿延自己的後代。這些人各司其職，從此安居樂業，四海昇平。沒料到，水神共工跟顓頊爭帝位輸了，竟氣得用頭去觸撞「不周山」，把支撐天地的柱子給撞斷了，導致天往西北傾倒，地則陷向東南，洪水氾濫，大火蔓延，人民流離失所。

女媧看到親手創造的子民陷入巨大災難之中，十分不捨。於是到天台山去練五色石，用三萬六千五百塊五彩石把天補好，再用巨鼇的腳做為四方的擎天柱，堆積爐灰來止住洪水。經過這一番治水和補天的工作，人類才恢復平安。所以，女媧用來補天的五色石頭，是象徵雨過天晴以後出現在天邊的彩虹，而女媧其實是在鯀、禹之前的第一位治水英雄。

文學小辭典：女媧繁衍後代

神話裡，對女媧繁衍後代稍微做了交代。《吳越春秋》裡面寫到，大禹因為忙著治水，到三十歲還沒結婚，於是向天祈禱，結果在塗山南方遇到塗山之女，生下了夏啟。夏啟因為看不到忙著到處治水的父親，所以一天到晚哭哭啼啼。這裡所說的「塗山之女」就是女媧，所以女媧是大禹的妻子。

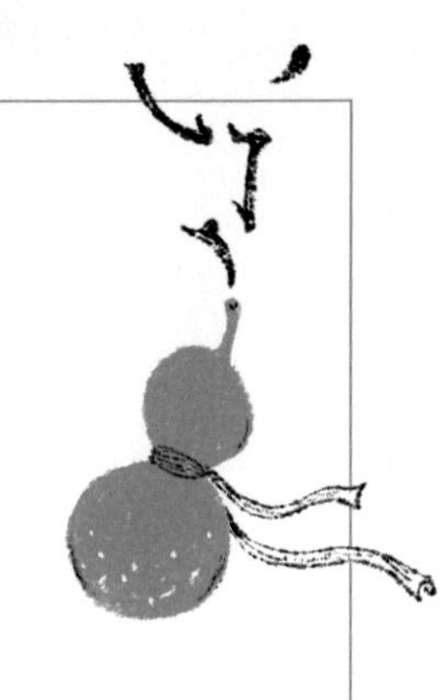

解讀與賞析

虛構、聯想及現實的有趣結合

在中國的神話歷史裡，母權制的氏族社會應該是在父權制氏族社會之前。女媧象徵創生萬物的大地之母，是第一個開闢神；而盤古則是已進入父權制氏族社會之後的神話人物。所以，盤古神話出現較晚，直到三國時代才首度出現。因為出現的時間晚，內容補充得較為完整，甚至因為已經進入父權社會的關係，女媧的一些功業也逐漸被轉移到盤古的身上。

神話或小說雖是虛構，但虛構仍然必須奠定在現實的基礎上。從這兩個神話裡，我們可以看出虛構、聯想及現實的有趣結合。女媧因獨居寂寞，所以興起摶土造人為伴的念頭；又因為不忍百姓受苦，所以勤練五色石補天；

盤古經過三萬六千年的孤獨生活後，以他整個生命及死後的身體，貢獻給他用雙手辛苦開闢出來的天地；精細的手工製與粗製的人種在競爭度上的不同……在在都很符合人情世故。尤其，盤古的身體化為萬物的思考，無論從形狀或性質上都相當具有巧思，聯想力實在豐沛，連結既豐富又生動，讓人讚歎不已。

精選原典

夸父與日逐走，入日。渴欲得飲，飲于河、渭。河、渭不足，北飲大澤。未至，道渴而死。棄其杖，化為鄧林。——《山海經．海外北經》

自然神話：夸父追日，嫦娥奔月

〈夸父逐日〉的故事描寫居住在北方大荒之中的海中巨人夸父，他的耳垂特別長，必須用手托著才能走路，因為勇猛好勝，他下定決心跟太陽競走，可惜再怎麼追也追趕不上。

一路上，夸父歷盡千辛萬苦，又累、又渴，喝光了黃河、渭水裡的水，仍然不夠；再往北邊大澤去找水喝，卻不幸渴死在路途中。他將手杖隨手一丟，後來竟因此長出了一大片桃花林。

中國神話中，另有〈羿射十日〉的故事。

東方海外的湯谷住著十個太陽，他們都是天帝的兒子。這十個兄弟在母親的安排下，輪流到天上值班。可是有一天，十個太陽竟然結伴一起升上天空，致使地上草木枯焦、河水乾涸，人類都差點

兒熱死了。神射手羿看到民間的苦難，十分不捨，就用神箭把其中的九個太陽射了下來，只剩下一個太陽繼續為人類帶來光和熱。而我們耳熟能詳的〈嫦娥奔月〉故事，堪稱〈羿射十日〉的續編。

羿射下天上九個太陽後，因為拯救了萬物，變成受人尊敬的英雄，得到天帝的封賞，也因此贏得美人嫦娥的芳心，結為夫妻。有一天，羿向西王母求到了不死仙藥，交給嫦娥保管。沒想到嫦娥偷偷服用，獨自飛昇到了天上。

在嫦娥吃下不老仙藥前，曾經請一位叫做有黃的方士幫她卜卦，得到的卦文是：「翩翩歸妹，獨將西行，毋驚毋恐，後且大昌。」意思是說如果獨自西行，不用驚慌，會大吉大利。嫦娥於是有恃無恐的直奔廣寒宮，沒料到竟變身成了一隻蟾蜍。

精選原典

嫦娥，羿妻也，竊西王母不死藥服之，奔月。將往，枚占於有黃。有黃占之曰：「吉。翩翩歸妹，獨將西行，逢天晦芒，毋驚毋恐，後且大昌。」嫦娥遂托身於月，是為蟾蜍。——《全上古文》輯張衡《靈憲》

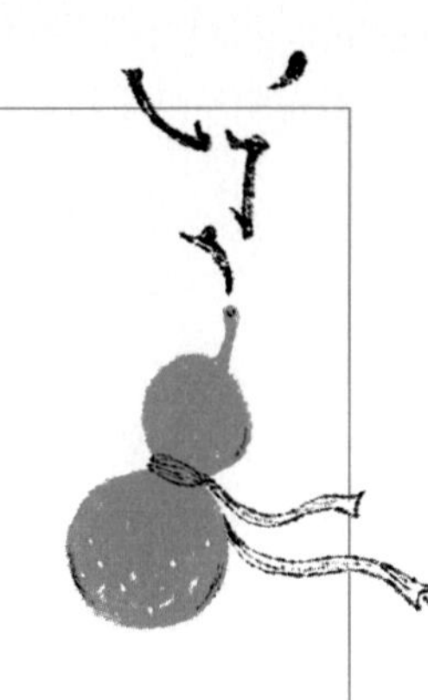

解讀與賞析

向命運挑戰的勇氣

夸父最後「北飲大澤」的「大澤」，是在北方積冰、終年不見日光的地方，就是神話裡所說的「幽都」。古人相信人死之後，靈魂雖然離開軀殼，卻仍有知覺的生活在跟人間不同的另一個世界裡，這個世界叫「幽冥之國」，正是黑夜所待的地方。

那時候的古人缺乏現代的科學知識，不知道太陽是恆星，以為「日動地靜」，當他們看到太陽從東邊出來，在西邊落下，就以為太陽是在天上行走，不知道這是因為地球自轉的緣故。於是，就產生黑夜雖然死亡，但依然存在的神話。

所以，夸父逐日神話裡所表現的不僅是表面上的「與日逐走」，而是以逐日來解釋白天跟黑夜的相互交替現象——太陽每天在同一個地方沉落，而黑夜又每天在太陽沉落之後來臨。

以黑夜為幽冥之國，是很多古代民族共有的思想，日本稱幽冥地獄「夜見之國」，就是「黃泉之國」。希臘神話中的荷米斯（Hermes）是商衹和競技之神，也是偷盜之神，主掌刑殺。祂行走如飛，手中有杖，跟夸父的神話性格類似。

夸父最後「棄手中之杖化為鄧林」的意義，有人以為夸父是為了讓後代追日的人有遮蔭的地方，不至於跟他一樣渴死，頗有造福後人的正面意義存在。但也有學者認為這種解釋雖然頗富詩意，卻非神話原義。手杖化為桃花林主要在強調不死的概念，表示黑夜始終存在著。

在中國神話中，逐日而死的夸父、啣西山之木去填東海的女娃和在月中伐桂的吳剛，都像儒家志士，知其不可而為之，明知前頭黑暗無光，依然執著前行，充滿悲壯的情懷。就像現實世界中存在著許多向命運挑戰的人，雖敗猶榮，值得尊敬。

而在〈嫦娥奔月〉裡提到的「歸妹」是卦名。歸妹卦在《易經》裡的卦辭，是「前往會有凶險」。而有黃卻告訴她「後且大昌」，顯然嫦娥是受騙了！一般猜測，「變成蟾蜍」是對於叛情的嫦娥所做的處罰。女人背著丈夫偷取靈藥飛天的背叛行為，在古代以男性為中心的社會裡，自然會被大加撻伐。

儘管如此，在廣寒宮裡獨自寂寞度日的嫦娥，還是博得後世詩人墨客的無限青睞。以嫦娥的境遇做為創作題材者屢見不鮮，嫦娥因之成為中國千古以來最寂寞的女人。

其中最廣為人知的，莫過於唐朝李商隱的七絕〈嫦娥〉：「雲母屏風燭影深，長河漸落曉星沉。嫦娥應悔偷靈藥，碧海青天夜夜心。」刻劃嫦娥獨守青天的後悔心境；李白寫的「嫦娥孤栖與誰憐」和劉禹錫詩中說：「恒娥歸處月宮深」，都對嫦娥的處境深致同情之意。宋代蘇軾的〈水調歌頭〉詞更描摹想乘風歸去又害怕孤寂的心情：「我欲乘風歸去，又恐瓊樓玉宇，高處不勝寒。」

在文人筆下，月亮裡的宮闕樓房呈現一片清冷景象，嫦娥的月宮生活想來並不好過。

第二篇 寓言

用小故事說大道理的韓非子

從現實生活找題材的孟子

以大自然為好友的莊子

文學小辭典：韓非子

韓非（約前二八一年～前二三三年），生於戰國末期，中國古代著名的哲學家、思想家、政論家和散文家，法家思想的集大成者，後世稱「韓非子」。

韓非為韓國的公子，與李斯一同拜荀子門下學習。當時，韓國是戰國七雄中最弱的國家。韓非因為口吃，多次上書韓王遊說，都沒有被採納。後來他的文章傳到秦國，秦王嬴政對於書中《孤憤》、《五蠹》等內容非常佩服，便以戰爭為要脅，逼韓非出使秦國。到了秦國後，卻遭李斯陷害，最後死於

用小故事說大道理的韓非子

美男子彌子瑕

彌子瑕是衛國的美男子，很得衛靈公的寵愛。衛國法律規定偷駕君王車子的人，要受刖刑（一種古代的刑罰，砍掉人犯的腳或腳趾）。有一次，彌子瑕的母親生病。捎信的人摸黑趕往宮廷告訴彌子瑕，彌子瑕心急如焚，於是偷偷駕著衛靈公的座車回家。其後，衛靈公聽說了，不但沒有處罰彌子瑕，反而褒獎他：「彌子瑕真是孝順呵！為了母親，竟然連斷足之刑也無所畏懼。」

又有一天，彌子瑕陪衛靈公到果園遊玩。彌子瑕咬了一口桃子，覺得又香又甜，便順手將果子遞給衛王。衛靈公感動的讚美：「彌

獄中。

韓非子的文章構思精巧，描寫大膽，語言幽默，於平實中見奇妙，具有耐人尋味、警策世人的藝術效果。他還善於用大量淺顯的寓言故事和豐富的歷史知識做　論證資料，說明抽象的道理，具體呈現法家思想以及他對社會人生的深刻認識。

《韓非子》共二十卷、五十五篇，總字數達十多萬言。在體裁上，有論說體、辯難體、問答體、經傳體、故事體、解注體、上書體等七種。辯難體與經傳體為韓非首創。在內容方面，則論「法」、「術」、「勢」、「君道」等，條理清楚，用意深刻。

子瑕真是愛我啊！吃到美味的桃子，捨不得吃完，立刻讓給我。」

後來，彌子瑕老了，容貌沒有以前好看了，衛靈開始對他失去了熱情，竟記恨的和他算起舊帳來了：「這傢伙以前曾假傳君令，擅自動用我的車子；還目無君威的把沒吃完的桃子遞給我吃。」

彌子瑕的行為，和先前並沒有兩樣。可是，衛王卻做了不同的

解釋。彌子瑕以前被稱讚的行為，後來反被怪罪，全然是因為君王個人主觀的好惡改變了的關係！

這則故事出自《韓非子》，有兩點值得思考。一是人的愛憎常常隨著時間而有所改變，當初喜歡得不得了的人或事物，或許經過一段時間後就不屑一顧。二是原來很多行為都可以做不同的解釋：喜愛一個人的時候，罪行往往可以被寬容，甚至反而被解讀為美好的德行；可是，討厭時，卻看什麼都百般不順眼。所以，如何克服偏見，或如何為我們的人生選擇最好的解讀方式，是需要努力學習的課題。

稀世珍寶和氏璧

上則故事曾提到「刖刑」，接著就來說一個有關刖刑的故事。

楚國人卞和在楚山發現一塊璞玉，拿去獻給楚厲王。厲王派玉匠加以鑑定，玉匠卻說那只是一塊普通的石頭。厲王很生氣，於是

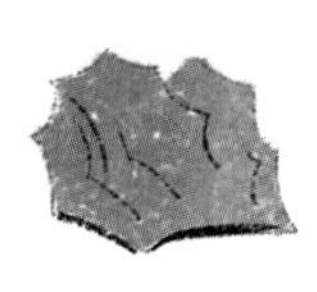

砍去卞和的左腳。厲王死後，武王繼位，卞和又捧著這塊未經雕琢的璞玉獻給武王。武王也請玉匠鑑定，玉匠又說：「這不過是一塊尋常的石頭！」武王也氣卞和膽敢騙他，砍去他的右腳。

武王死後，文王繼位。這回，卞和不再去獻玉，只抱著那塊玉在楚山下哭了三天三夜，直到眼睛都哭出血來。文王覺得奇怪，派人去問他：「天底下接受斷足刑罰的人很多，為什麼獨獨你哭得這麼傷心呢？」卞和說：「我不是因為腳被砍斷而悲傷，而是因為明明是一塊寶玉卻被錯認成普通的石頭，明明是忠臣烈士卻被說成是騙子，這才是我最傷心的。」於是，文王叫玉匠將這塊璞玉琢磨了，發現它果然是稀世珍寶，就把這塊玉石叫做「和氏之璧」。

這則故事說明，識別寶物是非常不容易的。卞和將寶物一獻、再獻，雙腳都被砍斷猶不罷休，可以說是費盡苦心才讓寶物得到肯定。同樣的，人或事的本質也往往藏在深處，光從表面是不容易看出來的。寶玉雖然經過兩位玉匠的鑑識，但因為只憑肉眼觀察，一直被誤認成沒有價值的石塊；直到深入加以切磋琢磨，才見出它美麗的光彩。

看了前述的故事，你可能就知道寓言之所以風行，跟社會環境大有關聯。一句話說得不中聽或一件事做得不得當，可能就會惹來殺身之禍。歷代公認孟子、莊子、韓非子都是說故事的高手，他們說的故事短小精緻，最耐人尋味。

《韓非子》裡的寓言故事，彌子瑕之寵後來成為「斷袖分桃」中「分桃」的典故，其他如「守株待兔」、「濫竽充數」、「郢書燕說」、「三人成虎」、「自相矛盾」……等不但已成文學典故，有的甚至更化入日常生活的口語中，顯見《韓非子》的影響力。

買珠寶盒不買珠寶

最後來說一則較為有趣的〈買櫝還珠〉寓言。

有個楚國人到鄭國賣珠寶，為了讓珠寶賣個好價錢，他特意製作了木蘭的飾品盒，用桂木、椒木將盒子薰香，拿珠玉點綴，取玫瑰裝飾，用鮮綠的翡翠來鑲嵌，把珠寶盒裝飾得漂漂亮亮的。結果鄭國人一眼相中了珠寶盒，只想買盒子，退回原本要賣的商品——

精選原典

楚人有賣其珠於鄭者，為木蘭之櫃，薰以桂椒，綴以珠玉，飾以玫瑰，輯以翡翠，鄭人買其櫝而還其珠，此可謂善賣櫝矣，未可謂善鬻珠也。今世之談也，皆道辯說文辭之言，人主覽其文而忘有用。墨子之說，傳先王之道，論聖人之言以宣告人，若辯其辭，則恐人懷其文忘其直，以文害用也。

文學小辭典：寓言

顧名思義，就是將想要表達的意思偷偷藏在故事裡，不明說。寓言通常需具備幾個特質，譬如篇幅短小、具故事情節、虛構的，最重要的是必須具有「意在此而言在彼」的寄寓作用。

珠寶。

這則寓言是田鳩回應楚王的疑問所說的。楚王認為墨子學說雖然可行，修辭卻不佳，為此感到十分惋惜。田鳩卻認為過於華麗的修辭，往往喧賓奪主，讓人只留意到細微末節卻疏忽了最重要的本體。墨子的重要性原本是他的思想內容，如果太刻意在文字上下功夫，只怕會像那顆被華麗珠寶盒搶盡鋒頭的珠寶一樣，人們最終只被美麗的修辭所迷惑，卻忽略了去實踐墨子思想的精髓。

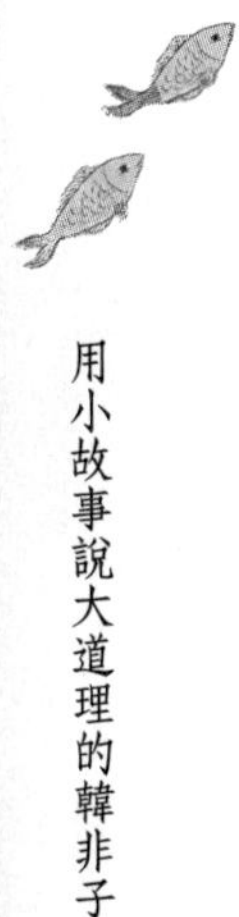

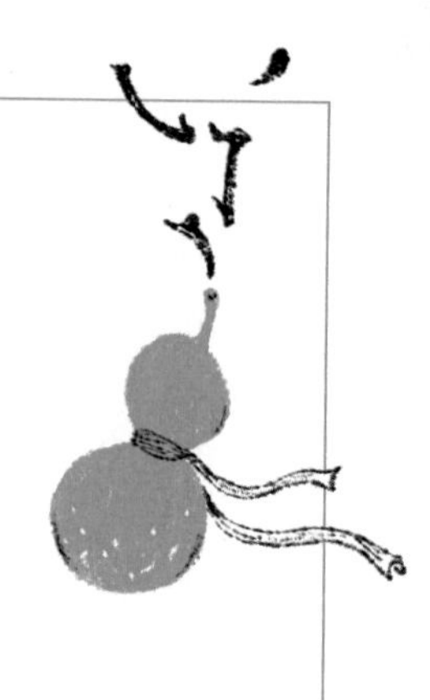

解讀與賞析

旁敲側擊的遊說方式

第一與第二則《韓非子》的故事，都不約而同提到「刖刑」。也許你會好奇發現：韓非子好像很喜歡動用法律。是的！因為韓非是法家思想的集大成者，他相信嚴刑峻法可以嚇阻犯罪行為。

第一則裡，衛國法律規定私駕君車，要被處砍腿刑罰；第二則裡，文王派人去問卞和：「天底下接受斷足刑罰的人很多，為什麼獨獨你哭得這麼傷心呢？」這句問話很有意思！顯見當時被判「刖刑」的人的確很多。（你可以藉此好好思考這個議題：是否該廢除死刑？）

《晏子春秋》就曾記載，景公曾好奇的問堅持長期居住在市場邊的晏子：

「如今市場裡什麼東西最貴？什麼東西最便宜？」晏子說：「拐杖最貴，鞋子最便宜。」這個答案婉轉且技巧的表明，刖刑用得太過氾濫，好多人都沒有腳可以穿鞋子，以至於要倚賴拐杖行走。據說皇上聽了晏子的回答後，大驚失色，勒令不再動輒給人砍腳，晏子拐彎抹角的遊說技術真是高明！

中國早期的思想家為了宣揚各自的學術思想及政治主張，通常喜歡用這種旁敲側擊的方式遊說君王。一方面能滿足人們喜歡聽故事的欲望，比較容易達到遊說的目的；一方面，利用說故事來遊說君王比較沒有危險。這樣的故事，我們管它叫做「寓言」。

從現實生活找題材的孟子

《孟子．離婁章句．下》有個〈齊人乞墦〉故事，細緻、精巧，跟現代所謂的「極短篇」有異曲同工之妙：篇幅短，人物鮮明突出，富戲劇性的情節，結尾有出乎意料的趣味，有人稱之為中國短篇小說的鼻祖。故事是這樣的：

丈夫的真面目

有一位齊國人，娶了一妻一妾。這

個男人每回出門，總是酒足飯飽才回家。太太問起，他都說跟有錢有勢的朋友在一塊兒。這位太太覺得很奇怪，偷偷跟妾說：「我們的丈夫每次出門，都吃喝過後才回來，他雖然說都跟有錢人在一塊兒，我卻從來沒看過他說的那些貴客來造訪。我想找個機會偷偷跟蹤，看看他到底去了哪裡。」

於是，有一天，太太刻意早起，躲躲藏藏的跟隨丈夫，走遍了全城，卻沒見到有誰和自己的男人講上一句話。最後，跟到了東門外的墳場，赫然發現丈夫向喪家乞討祭奠過後的殘

文學小辭典：孟子

孟子（前三七二年～前二八九年），名軻，中國古代著名儒家思想家，戰國時期儒家代表人物，是魯國貴族孟孫氏的後裔。孟子曾仿效孔子，帶領門下弟子遊說各國，但是不被接受，因而退隱與弟子著述。

孟子的弟子萬章與其餘弟子著有《孟子》一書。有《孟子》七篇傳世，篇目為：《梁惠王》上、下；《公孫丑》上、下；《滕文公》上、下；《離婁》；《萬章》上、下）；《告

子》上、下；《盡心》上、下。

孟子學說的出發點為性善論，提出「仁政」、「王道」，主張德治。孟子的文章說理暢達，氣勢充沛並長於辯論。他繼承並發揚孔子思想，成為僅次於孔子的儒家宗師，有「亞聖」之稱，與孔子合稱「孔孟」。

羹剩飯；不夠，又東張西望的跑到第二家去要。丈夫所謂的「酒足飯飽」原來是這樣得來的！

太太沒有驚動丈夫，失望的逕自回家，把真相告訴了妾。她傷心的說：「丈夫本來是我們終身的依靠，誰知道他竟然這麼沒出息！」兩人說著說著，不禁悲從中來，在庭院中對泣。這時，丈夫從外頭回來，不知事跡已經敗露，還在妻妾面前大言不慚的誇大自己的交遊。

誰是膽小鬼？

《孟子・梁惠王上》中另有一則〈五十步笑百步〉的寓言。孟子用梁惠王熱衷的戰爭，給梁惠王講了一個與戰場逃兵有關的故事。

戰場上兩軍對壘，落敗的一方總有一些人丟盔棄甲，亡命逃跑。有的人跑了一百步才停下來；有的跑了五十步就停下來了。這時，那跑五十步的人便嘲笑那跑一百步的人是膽小鬼。

精選原典

孟子對曰：「王好戰，請以戰喻。填然鼓之，兵刃既接，棄甲曳兵而走。或百步而後止，或五十步而後止。以五十步笑百步，則何如？」

孟子以五十步和百步的差別，勾勒出戰場上拖著兵器逃跑卻又互相嘲笑的軍士形象，暗諷梁惠王雖然在災荒時努力救災，但平日為了擴大疆域、聚斂財富，不惜把百姓趕到戰場上打仗，和鄰國君王的剝削其實沒有兩樣，只是程度上稍有差別而已。孟子用簡短文字，將逃兵形象寫得歷歷在目；尤其是「棄甲曳兵而走」一句，六個字一連描寫三個動作，逃兵的形象便栩栩如在眼前。

《孟子．告子上》中另有一則〈學奕〉，也是言簡意賅。

下棋看似一種微不足道的小技藝，但如果不專心致志的學習，也是學不會。弈秋，是全國最會下棋的人。有人請他同時教兩個人下棋，其中一人專心聽弈秋的教導；而另一個人看似也正聽著，可是心裡卻老想著有天鵝即將飛來，要拿弓箭去射牠。雖然兩人一起學習，後者的棋藝卻不如第一個人。這難道能說是因為他的智力不如前者嗎？

孟子之所以舉這則弈秋教人下棋的故事為例，是因為有人把君王不夠智慧，歸咎於孟子輔導不力。所以，孟子就先以培養植物來比喻培養人，說縱使是天下最容易生長的東西，如果晒它一天，卻

陰寒它十天，也不可能長得好。而他接觸君王的機會少，君王身邊卻不斷有人伺機潑冷水，自己就算能讓君王萌生善心，也難以為繼！接著，孟子就用這則弈秋教棋的故事加強辯解，說不是他無能，而是君王無法專心的緣故。

精選原典

今夫弈之為數，小數也；不專心致志，則不得也。弈秋，通國之善弈者也。使弈秋誨二人弈，其一人專心致志，惟弈秋之為聽；一人雖聽之，一心以為有鴻鵠將至，思援弓繳而射之。雖與之俱學，弗若之矣。為是其智弗若與？曰：「非然也。」

解讀與賞析

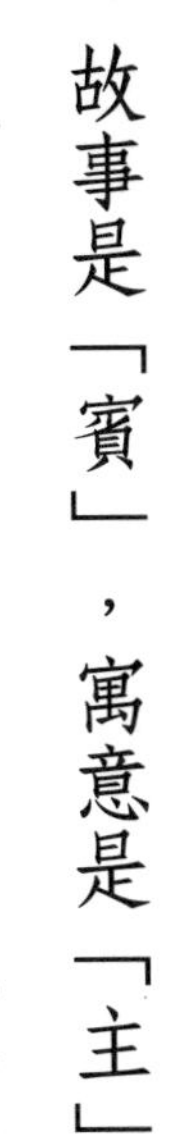

故事是「賓」，寓意是「主」

〈齊人乞墦〉一開始是男人從家中出去，「必饜酒肉而後反」，引起妻子的懷疑；結尾說男人吃飽喝足了，得意洋洋的從外面回來，首尾呼應，非常完整。中間雖依序漸進，卻高潮迭起：先以齊人的言語誇張自己的正面形象，再以妻子的視角層層揭開醜陋的真面目。短短篇幅內，由妻子的懷疑、透露跟蹤的意圖、實際跟蹤、發現真相、失望返家、傷心對泣到丈夫隨後歸來仍大吹大擂，將反差強烈的齊人形象逐漸鋪展開來，從而凸顯其虛偽的本質，十分可笑而荒誕。

孟子多用白描，三言兩語，就將事物的特徵彰顯出來，尤其非常擅長用

對比的手法表達。〈齊人乞墦〉中，墳場的「乞」與妻妾面前的「驕」；真相的不堪與表面的堂皇；妻妾的羞憤和齊人的恬不知恥；妻妾與齊人在人生準則上的對比。這種種對比不只達到了美學上的滑稽效果，甚且辛辣的諷刺了那些不顧廉恥、以醜陋手段求取功名富貴的人。

〈五十步笑百步〉裡也有逃跑五十步和逃跑百步兩種人的對比；〈學弈〉中的人物更是如此，一個專心聽講，一個胡思亂想。上述三篇都對比鮮明，形象因此生動突出。

讀寓言時要注意：故事一向是「賓」，寓意才是「主」。孟子寫齊人在墳場乞討，志不在諷刺齊人，而是存心抨擊那些不擇手段追逐富貴利達的人。講五十步笑百步的故事，也意不在諷刺逃兵，而是說明梁惠王的治國跟鄰國沒有本質的區別。講弈秋教棋，更不是為了比較兩位弟子學習的專心程度，而是志在解釋是君王沒能聚精會神、心無旁騖，並不是他怠惰職責。

先秦時代的諸子百家慣用寓言來說理，因為寓言簡短有趣，比直接說理更美妙、更誘人，也更具說服力。

以大自然為好友的莊子

莊子的一生非常寂寞，他的知音不多，除了常常喜歡跟他辯論的惠施之外，他的好朋友幾乎都來自大自然。有高飛九萬里的大鵬鳥；餐風飲露的姑射山神女；夢中和他相會的蝴蝶；無人聞問的寂寞社樹……莊子和大自然最親，所以，他的寓言最常從大自然取材，藉自然現象提點人們生活的哲學。我們耳熟能詳的「螳螂捕蟬，黃雀在後」的故事，就是他在栗園散心後的領會，非常發人深省，敘述也極為有趣。

跳開身處的局面看事情

莊子到雕陵的栗園去散心，忽然看到一隻好大的鵲鳥從南方的

天空飛過來。這隻怪鳥的翅膀張開來有七尺寬，眼睛約莫有直徑一寸那麼大。牠飛呀、飛的，不小心碰到莊子的額頭，隨即停在一棵栗樹上。莊子心想：「這是什麼怪鳥啊！翅膀這麼大卻飛不高；眼睛這麼大卻看不到人。」於是，就拎著衣裳、拿起彈弓，躡手躡腳的靠過去。

這時候，莊子忽然看到一隻蟬正優哉遊哉躲在樹蔭間納涼，那樣子看起來似乎以為自己很安全哪！哪裡知道有一隻螳螂已經發現了牠的蹤跡，正舉起臂膀要撲殺過去；可是，當螳螂正聚精會神的瞄準牠的獵物時，殊不知自己也暴露了行蹤，最後，也成了那隻鵲鳥的嘴邊肉。（細心的讀者，你是不是看出來了？專心捕蟬的黃雀也沒注意到莊子正拿著彈弓悄悄靠近牠啊！）

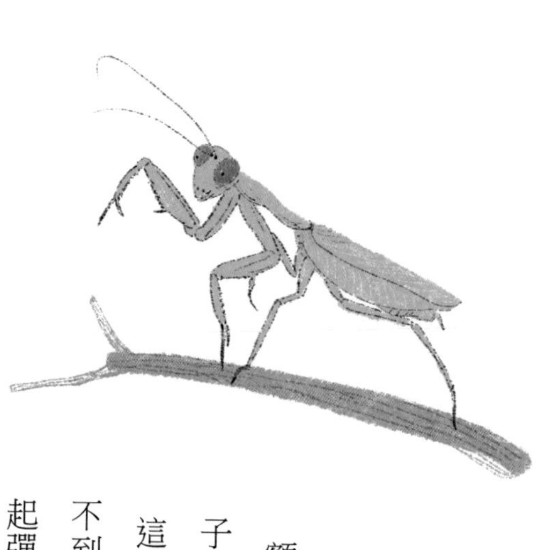

文學小辭典：濠梁之辯

莊子與惠施的〈濠梁之辯〉，故事是這樣的。莊子和惠施在濠水的一座橋梁上散步。莊子看著水裡的鯈魚說：「鯈魚在水裡悠然自得，這是魚的快樂啊。」惠子說：「你又不是魚，又怎會知道魚的快樂呢？」莊子說：「你不是我，怎知道我不知道魚的快樂呢？」惠子說：「我不是你，所以不知道你；但你也不是魚，因此你也無法知道魚是不是快

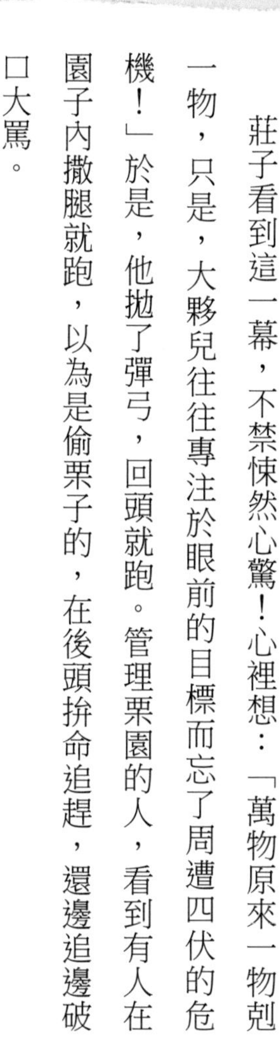
樂。」莊子說：「請回到我們開頭的話題。你問『你是怎麼知道魚快樂』，這說明你是在已經知道我了解魚的快樂的情況下才問我的。那麼，就讓我來回答你，我是在濠橋上知道的。」

莊子看到這一幕，不禁悚然心驚！心裡想：「萬物原來一物剋一物，只是，大夥兒往往專注於眼前的目標而忘了周遭四伏的危機！」於是，他拋了彈弓，回頭就跑。管理栗園的人，看到有人在園子內撒腿就跑，以為是偷栗子的，在後頭拚命追趕，還邊追邊破口大罵。

莊子回家之後，三天都悶悶不樂。藺且問說：「老師為什麼這幾天看起來都很不開心呢？」莊子說：「前幾天我在栗子園發現一隻怪鳥，為了守候牠，竟然忘了自己身處瓜田李下，也是很危險的。結果被人家誤會成偷栗子的，真是太倒楣了！」

這則寓言很有意思，主要是說：當我們為了要完成既定的目標，常常悶著頭努力以赴，因為過分專注、太過沉迷，瞻前而不顧後，往往讓自己陷身危險的境地。故事提醒我們：如果能夠跳開身處的局面，站到更高、更寬廣的角度上看待事情，或許才能夠看到自己的盲點或不足的地方。

《莊子．齊物論》裡還有一篇相當膾炙人口的小故事〈莊周夢蝶〉。故事非常簡短，卻相當耐人尋味。

精選原典

昔者莊周夢為蝴蝶，栩栩然蝴蝶也，自喻適志與！不知周也。俄然覺，則蘧蘧然周也。不知周之夢為蝴蝶與，蝴蝶之夢為周與？周與蝴蝶，則必有分矣。此之謂物化。

人生如夢，夢如人生

有一天，莊周夢見自己變成了蝴蝶，一隻翩翩飛舞的蝴蝶，遨遊各處、悠然自得，根本不記得自己原來是莊周。忽然，夢醒了。發覺自己分明就是莊周！頓時納悶了起來，不知是莊周做夢化成了蝴蝶呢，還是蝴蝶做夢變成了莊周？

〈莊周夢蝶〉提醒我們：人生不過就如一場大夢，人們在夢中醒、睡，在夢中歷經悲歡離合。若能這樣看待人生，那麼，所有的是是非非、人我之分……不過就像夢一場罷了。希望人們因此能視死生如夢覺，打破生死、物我的界限，活在人間就比較容易得到快樂，不至於太過傷感。

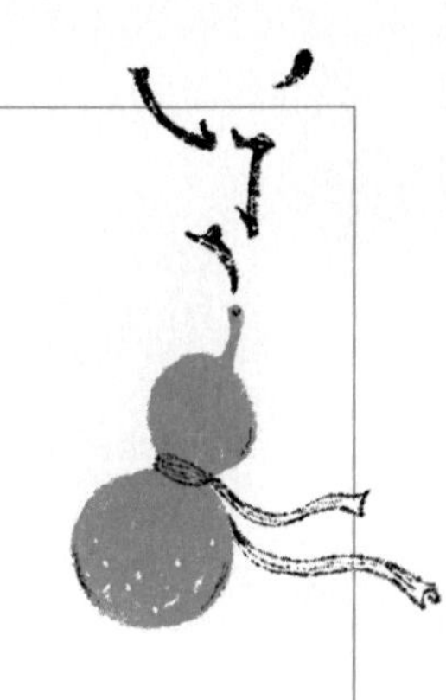

解讀與賞析

奇幻的想像與優美抒情的風格

《孟子》和《莊子》裡，都使用了大量的寓言。《孟子》的寓言多取材自民間故事或現實生活，虛構成分較少，寫實性強；莊子寓言則多虛構，十之八九來自想像，多用誇張手法呈現。

第一則寓言的敘述方式，就像有人拿著攝影機一路領著我們觀看一般。主角有鳥雀、螳螂、蟬、莊子、管理員和莊子的弟子藺且，環環相扣，魚貫出場。次序的安排參差有致，先是大隻鳥鵲凌空而過；其次是最小的納涼蟬兒出現眼前；鏡頭接著捕捉到次小的螳螂正作勢撲殺蟬兒；然後是已經張開大嘴的黃雀及後頭拿著彈弓的莊子；再來是聞聲追逐的林園管理人，最

後才是納悶提問的藺且。

雖然只是短短篇幅，場景的移動卻十分靈活：由天空而樹蔭，由樹蔭而栗樹，由栗樹而栗園，由栗園而跑出園外，甚至延伸至莊子居處。主角體貌大小參差，每一個都目光炯炯鎖定另一個獵物，情境的描摹堪稱緊張靈動，讓人屏息！

第二則詩意盎然的夢蝶故事，以一隻翩然飛舞的蝴蝶結合醒、夢交織的意象，輕靈飄渺，獨具迷人的藝術魅力，頗得後世無數文人墨客的青睞。它以深刻的意蘊，為文人提供了豐富的審美想像空間，進而成為詩文中非常重要的意象。歷代詩人的離愁別緒、人生慨歎、思鄉憂國、恬淡惆悵等多種人生感悟和體驗，常常很自然的被融入詩中，借夢蝶的意象表達出來。

其中，最為人所熟知的，莫過於李商隱著名的詩《錦瑟》：「錦瑟無端五十弦，一弦一柱思華年。莊生曉夢迷蝴蝶，望帝春心託杜鵑。滄海月明珠有淚，藍田日暖玉生煙。此情可待成追憶，只是當時已惘然。」

詩寫得極為隱晦，原意到底是什麼，一直眾說紛紜。有人說是悼亡，有人說是自傷身世、懷人、或是詠物等等，各說各話，至今尚無定論。但大家都公認，引用莊周夢蝶使這首詩充滿了神祕迷離的色彩，讓它增添了更多的想像力。所以，在歷代文人的共同努力下，這個文學意象不斷得到繁衍、充實，其魅力非但歷久不衰，甚至愈來愈迷人。

《莊子》的寓言除了慣用的巧妙比喻外，最大的特色就是奇幻的想像與優美抒情的風格。有時雖不免有些天馬行空甚至奇詭怪誕，但在幽默的語言中，卻蘊含辛辣冷酷的諷刺力道，相當迷人。

第三篇

志怪小說

不瞞你說，我就是鬼！

書生的愛情和幻術

穿越生死界線的意志力

仙鄉——凡人心中的渴望

不瞞你說，我就是鬼！

中國鬼小說的歷史，源遠流長，從六朝志怪到清朝名著《聊齋誌異》，堪稱鬼影幢幢。清朝的王士禎曾為蒲松齡的《聊齋誌異》題詩：「姑妄言之姑聽之，豆棚瓜架雨如絲。料應厭作人間語，愛聽秋墳鬼唱詩。」不但說明他對《聊齋誌異》的喜愛，也道盡了一般人喜歡聽鬼故事的心情。鬼小說的作者敘寫鬼的世界，往往以人間為藍本，熱鬧紛繁、多元有趣。以下，便舉幾個六朝的鬼故事為例，讓大家見識一下中國最早期的鬼到底是何模樣。

人厲害還是鬼厲害？

魏文帝撰寫的《列異傳》裡有一則傳誦很廣的鬼小說〈宗定

文學小辭典：《列異傳》

三國魏曹丕作，也有一說是西晉張華作，原本已佚失，魯迅《古小說鉤沉》輯得五十則。多為鬼神妖怪故事，例如〈談生〉寫冥婚，〈宗定伯〉寫宗定伯捉鬼賣鬼。其中許多情節為後世志怪小說所採用。

伯〉。

南陽人宗定伯年少時膽子很大。一天夜裡，宗定伯在半路上遇到了鬼。宗定伯問他：「你是誰呀？」鬼回答：「我是鬼。你又是誰呢？」宗定伯聽了心裡一驚，但很快就鎮定下來，騙鬼說：「我也是鬼呀！」鬼問宗定伯：「你要去哪裡？」宗定伯回答：「我要到宛市去。」鬼聽了很開心的說：「正好，我也要到宛市去，咱們倆就結伴同行吧。」

宗定伯和鬼一起走了好幾里路後，鬼說：「我們這樣走好累哦！不如輪流背著對方走吧。」宗定伯說：「太好了！就這麼辦吧。」鬼先背宗定伯，走了很遠，問他：「你怎麼這樣重呢？你應該不是鬼吧？」宗定伯回答：「我才死不久，所以還很重。」宗定伯接著背鬼，也走了很遠。鬼非常輕，幾乎沒什麼重量。他們就這樣來回互相背了幾次。

宗定伯故意問鬼：「我剛死，什麼都不懂，可不可以跟你請教鬼最怕什麼？」鬼以過來人的身分教他：「鬼最怕被吐口水了。」宗定伯聽了，心裡開始有了主意。接著，宗定伯和鬼遇見了一條

不瞞你說，我就是鬼！

河，宗定伯讓鬼先渡河。鬼渡河時，幾乎聽不見水聲；宗定伯過河，卻攪得河水嘩嘩作響。鬼又起了疑心，問他：「你渡河怎麼會發出聲音呢？」宗定伯不慌不忙的說：「啊！我剛剛不是說過了嗎？我剛死，所以還不熟悉渡河哪。」

快到宛市了，輪到宗定伯背鬼。他把鬼頂在頭上，用力抓住。鬼動彈不得，「咋咋」大叫，要宗定伯將他放下。宗定伯不管，逕自走到宛市，猛地把鬼摔在地上，鬼瞬間變成了一頭羊。宗定伯怕他變回原形，朝他吐了口水。宗定伯把羊賣掉，得了一千五百錢，高高興興的回家去了。

文學小辭典：《搜神記》

東晉干寶撰，明代胡應麟編訂為二十卷。本書採集大量神怪與民間傳說，內容豐富，文筆委婉有致，可以說是魏晉志怪之冠，對後世小說的影響甚深。

人可怕還是鬼可怕？

接著，再說一個干寶《搜神記》裡的〈秦巨伯〉。

瑯琊這個地方有一位非常喜歡喝酒的秦巨伯，已經六十歲了。有一回，他酒醉行經蓬山廟，忽然見到他的兩位孫子前來迎接。孫子扶著他走了百餘步，就將他的頸子按在地上，大罵：「老奴，你前幾天打我，我今天要殺了你！」秦巨伯確實在前些天揍過孫子，只好裝死，逃過一劫。回家後，他愈想愈生氣，想狠狠處罰孫子，兩位孫子卻驚訝的叩頭，說：「身為孫子哪會這樣做？您該不會是遇見鬼了吧？要不要再查查清楚？」

幾天後，他假裝喝醉並跟先前一樣走到廟前，又看見兩位孫子前來，秦巨伯把他們逮住。鬼動彈不得，被秦巨伯帶回家用火燒到腹背都焦黑裂了開來，丟到院子裡。沒料到鬼竟然趁著夜色掩護脫逃，氣得秦巨伯牙癢癢的。

一個多月後，不甘心的秦巨伯瞞著家人，又帶著刀子裝醉夜行，很晚都還沒回家。孫子唯恐他又被鬼困住，到半路去迎接他，卻被

不瞞你說，我就是鬼！

憤怒的秦巨伯一刀給殺死了。

這個故事的結局真是讓人驚嚇扼腕！故事表面似乎是在說明人鬼易混，若辨識不清，就會做出誤殺無辜、放縱鬼魅的事情來。然而，細加推究，秦巨伯並沒有非殺鬼魅不可的理由，僅僅一個小小的玩笑，卻讓秦巨伯耿耿於懷，三番兩次佯醉捉鬼、殺鬼，必欲去「鬼」而後快。

到底有沒有鬼？

關於鬼是不是真的存在的議題，也是當時的人相當關心的。

相傳宋劉義慶撰作的《幽明錄》裡，有一則題為〈阮德如〉的鬼故事。阮德如曾經在廁所裡見到一位包頭巾、穿黑衣的鬼，高一丈餘，一張大黑臉，眼睛大得不像話，就近在咫尺。阮德如見到鬼，神色怡然，一點也不害怕，甚至還微笑著消遣鬼，說：「人家說鬼的面目可憎，今天一見，果然不錯啊！」這一說，倒讓鬼羞愧的逃跑了。

精選原典

阮德如，嘗于廁見一鬼，長丈余，色黑而眼大，著白單衣，平上幘，去之咫尺。德如心安氣定，徐笑而謂之曰：「人言鬼可憎，果然。」鬼赧而退。

文學小辭典：《幽明錄》

宋劉義慶撰，已佚，《古小說勾沉》輯得二六五條。劉義慶小說質量俱佳，本書多取材晉宋時的奇聞異事，頗具時代感，表現手法也很新鮮。

《幽明錄》裡另有一則〈阮瞻〉的小說，裡頭的鬼就沒有這麼好說話了。這位阮瞻先生喜歡跟人抬槓，不相信世上有鬼。有一天來了一位客人，跟他辯論了許久都贏不了，最後，這位客人氣得跟他說：「你實在太頑固了！全世界的人都相信有鬼，只有你不信！其實，不瞞你說，我就是鬼！」說完，立刻變成鬼的樣子，沒多久，就失去蹤跡。阮瞻經過這一驚嚇，一年多後就病死了。

這兩則故事，間接表明了當時的人確實是相信鬼的存在的。

不瞞你說，我就是鬼！

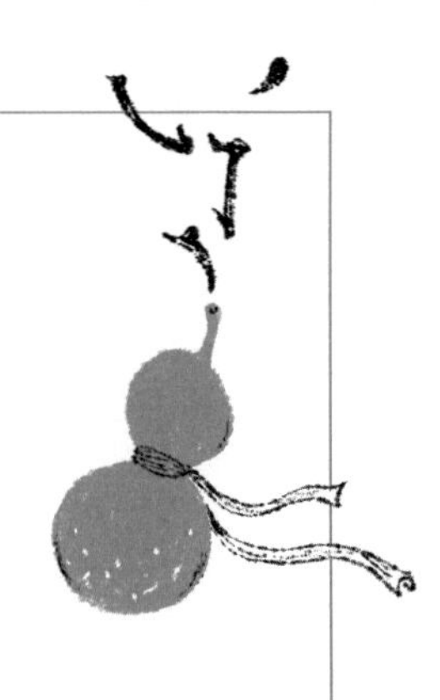

解讀與賞析

鬼的世界，往往以人間為藍本

宗定伯半夜遇鬼的故事，有兩種完全不同的解讀。

有人認為宗定伯遇鬼後不慌不忙，冒充鬼的同類，沉著應付。在與鬼同行途中，曾有兩件事讓鬼起了疑心，但都能及時化解危機。在行進的途中，還機警的打探鬼的忌諱，探知鬼的弱點，以此制服鬼病，因此獲得大筆錢財，所以應該學習宗定伯的機智。

但也有人認為這個鬼誠實天真、太過善良。儘管宗定伯在途中露出破綻，使鬼產生懷疑，但一經解釋，鬼就深信不疑，甚至把鬼最忌諱的事情都毫無戒心的全盤托出，真可謂以誠相待了。相反的，宗定伯卻充滿虛偽狡詐；他

循序漸進、步步為營，相較於鬼的無知、天真、善良，人的不厭其詐，真讓鬼咋舌了！

秦巨伯的故事則頗耐人尋味。看來鬼不可怕，人心才可怕。人有心機，雖然鬼只捉弄了秦巨伯一下，秦巨伯卻懷恨在心，反倒釀成了悲劇。《呂氏春秋》稱這種喜歡模仿人家親人、兄弟樣貌的鬼為「奇鬼」，奇鬼屬於鬼中的無賴，一般人被無賴招惹了，最好的策略是自認倒楣、敬而遠之。

阮德如與阮瞻這兩個故事的人鬼對比，也非常耐人尋味。愛抬槓的阮瞻，雖然在辯鋒上略勝一籌，在膽識上卻顯得欠缺。他滔滔雄辯無鬼，沒料到鬼卻出現面前，嚇得他莫敢作聲。反之，阮德如見鬼時，心裡坦蕩蕩，和鬼對談一如與常人說話，鬼見識到阮德如的大派，反而慚愧的跑了，寫鬼的害羞，非常可愛。

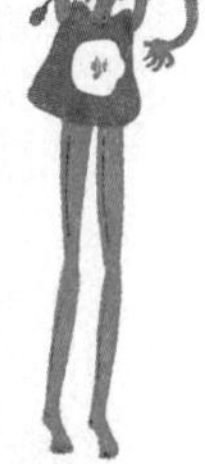

書生的愛情和幻術

妻子的祕密

有一位姓談的書生，發憤讀書，四十歲了，還沒有娶老婆。有一天，半夜裡忽然來了一個約莫十五、六歲、穿著華麗的漂亮女子，表示願意和他結為夫婦，但有一個條件：「三年之內，請不要拿燭火照我。」

兩人結婚後，生了個兒子。兒子兩歲時，談生實在太好奇了，忍不住在半夜偷

精選原典

談生者，年四十，無婦。常感激讀《詩經》，夜半有女子可年十五六，姿顏服飾，天下無雙，來就生為夫婦。乃言曰：「我與人不同，勿以火照我也。三年之後，方可照。」為夫妻，生一兒，已二歲。不能忍，夜伺其寢後，盜照視之，其腰已上生肉如人，腰下但有枯骨。婦覺，遂言曰：「君負我！我垂生矣，何不能忍一歲而竟相照也？」生辭謝，涕泣不可復止。

偷拿燈火照太太，吃驚的發現她腰部以上和常人一樣，但腰部以下竟然只有骨頭，沒有長肉！

老婆驚覺被燭火照射，傷心的說：「你太辜負我了，眼看我就快要復生，你就不能再忍一年嗎？幹麼急著用火照我？」談生後悔道歉，知道事情已無可挽回，哭得好傷心。必須離開塵世的女子，顧念無辜的兒子，留給談生一件珍珠袍子，以備不時之需。臨走，還撕下一塊談生的衣角，帶在身邊做紀念。

後來，談生生活陷入困境，就將珠袍子拿到市場賣，被睢陽王家用一千萬貫的錢買走。王爺看到袍子，生氣的說：「這分明是我女兒的袍子，怎會到他手裡？這傢伙一定是去盜墓了！」於是抓談生來拷問。

談生說出實情，王爺就是不信。趕到女兒的墓地，發現墳墓並沒有被盜的痕跡。打開棺材一看，死去的女兒身下果然放著書生先前被撕的那塊衣角。王爺請人把談生的兒子領過來，這一看，大吃一驚，長相果然跟死去的女兒非常像，分明是孫子沒錯！王爺因此認了談生這個女婿，並且上書表奏孫子為侍中。

這則〈談生〉的故事記載於《列異傳》卷十六。敘寫書生與美麗女鬼的婚戀故事，因談生沒有遵守三年不得以燭火照看的約定，終至夫妻分離。故事優美動人，後代還常出現依此內容添枝加葉的作品。人類因為不能抑制好奇心而受到懲罰，是各國民間傳說中最常見的母題，由此可見人類的普遍心態。

祕密中的祕密

吳均《續齊諧記》中另有一則奇炫的志怪小說〈陽羨書生〉。

東晉時，陽羨的許彥，有一天挑著鵝從綏安山下經過。遇到一位年約十七、八歲的書生，躺在路邊，以腳痛為由，懇請許彥讓他坐到鵝籠裡。

許彥以為對方跟他開玩笑，但才一眨眼，書生就鑽進了鵝籠。奇怪的是，鵝籠並沒有變得更寬，書生也沒有變得更小；只見他怡

文學小辭典：吳均《續齊諧記》

吳均是齊梁時期著名的文學家和史學家。今人對他的詩歌作品關注較多，其他作品則鮮有提及。他的志怪小說集《續齊諧記》無論是對中國志怪小說的發展，還是對中國民俗、宗教的反映上，都具有非常重要的研究價值。

然自得的和兩隻鵝併坐在籠子裡，鵝也沒有因此受到驚嚇。可怪的是：許彥挑起鵝籠繼續前行，也不覺得鵝籠比先前來得重。

走了一段路後，許彥到樹下休息。書生從鵝籠裡走出來，朝許彥說：「辛苦你了！就讓我招待你吃些東西吧。」於是，書生從口中吐出一個銅盒子，盒子裡擺滿各式的山珍海味。酒過數巡，書生對許彥說：「我帶了女人同行，現在想邀她出來同樂。」許彥說：「好啊！」於是，書生又從口中吐出一名年約十五、六歲的女子，衣服華麗，長得非常漂亮。她挨著書生坐下，三人一起吃喝談笑。

不久，書生喝得醉醺醺，不知不覺睡著了。女子對許彥說：「我雖然和書生結為夫妻，心裡卻很怨恨他。因此，偷偷帶了另一個男人同行。現在，丈夫既然睡著了，我想邀這位男子出來同樂，你可不要洩漏我的祕密哦！」許彥說：「好啊！」女子於是從口中吐出一名年約二十三、四歲的男子，長得聰明可愛，這位男子也大方的和許彥寒暄聊天。

過了半晌，睡著的書生忽然動了動，好像即將醒過來。女子連

忙吐出一道屏風，遮住書生，書生睜開惺忪的雙眼，拉過妻子一起躺著休息。此時，屏風外的男子竟悄悄對許彥說：「這個女人雖然對我有情，卻不是我的最愛，我也偷偷帶了一個女人同行，現在想讓她出來陪陪我，請你不要張揚。」許彥楞楞的說：「好啊！」於是，男子從口中吐出另一名女子，年約二十來歲。她愉快的坐下來一起吃喝，還不時和那位男子打情罵俏。

一會兒，屏風裡傳出書生的動靜。男子趕緊說：「看來他們倆快醒過來了！」於是連忙張口，將他剛剛吐出來的女子重新納入口中。接著，書生的妻子從屏風裡慌張的走出來，對許彥說：「我丈夫就要起身了。」說完，也急急張口吞下她吐出來的男人，然後若無其事的和許彥對坐著。

過一會兒功夫，書生起身，對許彥說：「我原本只想小睡一下，沒料到竟睡了這麼久，讓你一個人獨坐，一定挺無聊的……啊！看來天色已晚，我們就在這兒分手吧。」說著，張口將女人和各式銅器都吞入口中，只留下一個二尺多寬的大銅盤，說：「我沒有什麼東西好送你的，這個銅盤就給你留做紀念吧！」

到了太元年間，許彥出任蘭台令使，將銅盤送給侍中張散，張散看銅盤上的題字，才知道是東漢永平三年所製的古器。

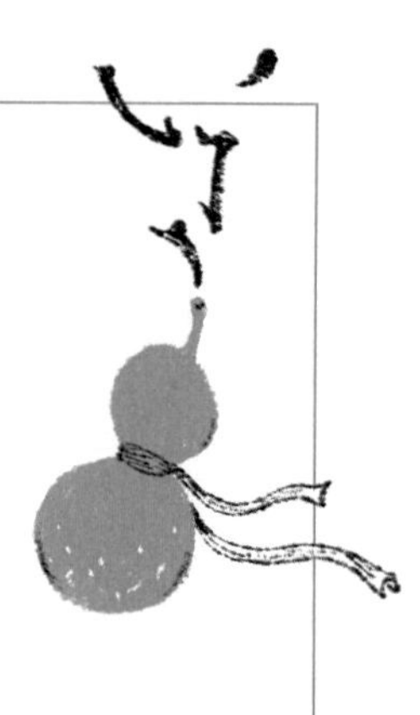

解讀與賞析

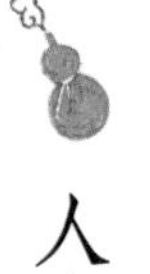

人鬼婚戀與奇妙的空間幻化

中國古典小說裡，女鬼和人類談戀愛，通常分為三個步驟：先是由女鬼毛遂自薦；接著，兩情相好，住到一塊兒；最後，被迫分離。〈談生〉就是依循著這個原則發展出的人鬼婚戀故事。

它由女子進屋自我推薦，到訂約、生子、違禁、現形、埋怨、涕泣、贈袍、離去；接著，談生賣袍、睢陽王發墓，引發其後認婿、旌表孫子的手續，情節曲折，結構完整，簡單卻深情，讀來清新雋永。《列異傳》一書相傳出自魏文帝之手，文筆洗鍊、逸趣豐厚。名家出手，果然不凡！

這篇人鬼婚戀故事探討的是婚姻裡的情感及信任的重要。妻子獨自懷抱

著不能和丈夫言宣的祕密，讓丈夫心生不安和好奇。缺乏足夠信任基礎的夫妻，終究逾越了私密的底線而讓美好姻緣功虧一簣！表面上看，好像是丈夫的「盜照」，使得妻子復生的希望破滅；而實際的情況應該是，祕密的窺探毀滅了婚姻。缺少信任的婚姻與愛情，猜疑橫生，如何能夠白首偕老！

〈陽羨書生〉這篇小說一開始就寫陽羨書生進入鵝籠、作法，令人驚異；接著作者又建構了一個連環套，以書生為主線，引出其他兩位各有神通的男女。情節環環相扣，空間層層相因，極盡幻化的能事。作者以不可思議的情節寫出深刻的嘲諷，頗接近西方的魔幻寫實小說。

這個故事不可思議的魅力，在於故事採用了「套匣子」結構：打開一個匣子，裡面還有一個匣子；就像推理小說一樣，偵探揭開一個謎，謎中還有謎。有關類似的幻化故事，非但流傳於中國筆記小說中，甚至為日本江戶時代的大作家井原西鶴改寫為《金鍋存念》的故事。這種空間幻化所產生的幽默感，非常奇特且耐人尋味。

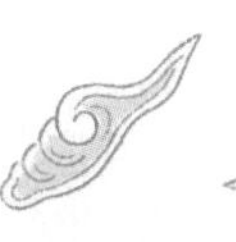

穿越生死界線的意志力

〈干將莫邪〉是一則替父親報仇的故事，出自《搜神記》。

楚國干將、莫邪夫婦二人，幫楚王鑄造雌雄兩把劍，花了三年才成功。楚王很生氣，想殺他。當時，妻子莫邪懷孕快生產了，丈夫交代她：「我此去恐怕凶多吉少。你若生下男孩，長大後，就告訴他：『出戶望南山，松生石上，劍在其背。』」交代過後，干將就拿著雌劍去見楚王。楚王派去察看的人跟楚王回報：「看來這劍應該有雌雄兩柄，如今，雌劍帶來了，雄劍卻不見蹤影。」楚王氣不過，殺掉了干將。

精選原典

王夢見一兒眉間廣尺，言欲報仇。王即購之千金。而聞之亡去，入山行歌。客有逢者，謂：「子年少，何哭之甚悲耶？」曰：「吾干將莫邪子也，楚王殺吾父，吾欲報之。」客曰：「聞王購子頭千金。將子頭與劍來，為子報之。」兒曰：「幸甚！」即自刎，兩手捧頭及劍奉之，立僵。客曰：「不負子也。」於是屍乃仆。

為父復仇心切

莫邪生下的兒子名叫赤比，他長大後問母親：「父親到哪兒去了？」母親說：「你父親替楚王鑄劍，花了三年才完成。楚王很不滿意，把他給殺了。他臨走前，囑咐我要叮嚀你：出門遙望南山，有棵松樹長在石上，劍就在樹的背後。」於是，赤比遵照囑咐，出門向南張望，並沒有看到山，卻見堂前松木柱子下有一塊露出的石墩，他用斧頭劈開石背，果然發現雄劍藏在那兒。知道父親無辜被殺，赤比成天都想著如何刺殺楚王。

就在這同一時間，楚王夢見一個小孩，眉間約一尺寬，誓言報仇。楚王嚇壞了，下令懸賞千金捉拿。眉間寬闊的赤比聽到消息，只好逃進深山裡。赤比心裡難過，邊走邊悲傷的唱著歌。

半路上，赤比遇到一位劍客。劍客好奇的問他：「小夥子，你年紀輕輕，怎麼哭得這麼傷心？」赤比說：「我是干將和莫邪的兒子。楚王殺了我的父親，我一心想報仇。」劍客說：「聽說楚王以千金懸賞你的頭，既然如此，不如把你的頭和劍都交給我，我來幫

你報仇雪恨。」赤比說：「太好了！」隨即取劍自刎。沒了頭的赤比還用雙手捧著掉下的頭和劍，一併呈給劍客，身體仍直挺挺的立著。劍客鄭重朝屍身說：「我絕不會辜負你的，請你放心。」屍體這時才仆倒在地。

劍客提著赤比的頭去面見楚王，楚王大喜。劍客說：「這是勇士的頭，應當用湯鍋煮它。」楚王照辦。奇怪的是，煮了三天三夜都煮不爛。不但如此，赤比的頭還不時躍出水面，怒睜雙眼。

劍客說：「這小孩的頭怎麼煮也煮不爛，請大王親自到鍋邊監督。」楚王於是走近鍋邊，劍客趁機對準楚王，飛快的一劍砍去，楚王的頭應聲掉進湯裡。接著，劍客也砍掉自己的頭，他的頭跟著掉進湯裡。三個腦袋最後都煮糊了，沒法分辨誰是誰。宮中的人只好將湯裡的肉分成三份一起埋葬，通稱「三王墓」。

文學小辭典：日出當心

《詩經．王風．大車》：「穀則異室，死則同穴。謂予不信，有如皦日。」之意，是以明亮的太陽為比，暗示自己願意與丈夫同死的決心。

堅定情感至死不渝

《搜神記》裡另外有一則〈韓憑夫婦〉的故事，也非常動人。

宋康王的舍人（官名，諸侯王公的左右親近）韓憑娶妻何氏，美若天仙的何氏被宋康王給看上並強行奪走。韓憑心生怨恨，康王也惱羞成怒，不但羅織罪名囚禁了韓憑，更進而折磨他：罰他充軍邊關，白天防備寇虜，夜晚還得修築長城。

何氏暗中託人送信給韓憑，信上以暗語寫著：「其雨淫淫，河大水深，日出當心。」韓憑看了之後十分傷心，更糟糕的是信件還被搜出，並呈送給康王。康王和左右研究了半天，都想不出來是什麼意思。一位叫蘇賀的臣子解讀出信的內容，告訴康王：「『其雨淫淫』是說心中的哀愁和思念像連綿的大雨一樣無盡無休；『河大水深』埋怨夫妻被拆散兩地，無法相會；『日出當心』是表明自己決定以死明志。」韓憑接信過後沒多久，就自殺了。

何氏偷偷將自己的衣服用藥腐蝕，等到康王陪她登上樓台觀看風景時，她就一躍而下，左右內侍雖急急伸手相救，衣服卻因腐爛而化為碎片，何氏遂墜地死去。她在衣帶中留了封遺書：「君王希望我活著，妾身卻情願死去；希望你能答應讓我的屍骨和夫君韓憑合葬。」

康王愈想愈不是滋味，下令將兩人分開埋葬，卻刻意讓墳墓對望，不讓他們如願死後常相廝守。他懷恨的說：「你們夫婦不是相愛不已嗎？若是有本事，自己想辦法讓墳墓結合在一起，我就不再阻攔。」

萬萬沒料到，不久之後竟有兩棵梓木分別從兩座墳墓長出。才過了約莫十天，梓木已長得有兩手合抱那麼粗，下方根脈相連，上面枝葉交錯，而且一副彎身相向的模樣。接著，又有雌雄鴛鴦各一隻棲息樹上，日夜交頸悲鳴，聲音淒切哀婉，讓人聞之心碎。

解讀與賞析

穿透空間與時間的意志力

〈干將莫邪〉的結構相當完整，用簡筆勾勒，依照時間點寫出鑄劍、藏劍、尋劍、出劍、遇客、託劍、自刎、獻頭、客殺楚王並自殺的情節，文章環環相扣，層次分明，把赤比復仇心意之堅強與俠客拔刀相助的義行，寫得高潮迭起。尤其赤比自刎後卻仍挺立奉頭，直到俠客表明代為復仇的心迹後才仆倒的情節簡直駭人聽聞；而赤比的頭顱被丟進鍋中卻不時躍出水面，怒目逼視，在在都見赤比的復仇心切。另外，俠客引誘楚王接近鍋邊、砍頭、然後引頸自殺，也寫出了古之俠士的風範；全篇人物愛憎分明、行為悲壯，情節則驚悚迭出，呈現出濃厚的傳奇色彩。

魏晉時期戰亂頻仍，禮教崩毀。當時的人感受生命無常，為了有所寄託，

刻意尋索普世價值，於是便以愛情為依歸，以為世間最珍貴的，莫若情感的堅定，韓憑夫婦堪稱其中典型。

何氏無法抗拒康王，卻暗自為了保全不渝的愛情而決心殉情。作者把何氏刻畫成感性與理性兼具的美女，她不僅有堅定的信念，也有具體的行動。首先以祕而不宣的信件向丈夫透露殉情的決心；然後用藥腐蝕衣服，為死亡做準備；等到機會來臨，一躍而下，讓侍從官無法挽救。可見她是一名有謀有略、才貌兼備的女子。

這兩個故事都在摹寫強凌弱的不公事件，凸顯威權統治者的無法無天。故事結局雖都不約而同指向死亡，主角卻也都神奇的在死後得到回報。

故事裡，一個是君王為了干將鑄劍太久而大發雷霆，甚至為了搶劍殺人；一個是君王仗勢搶奪別人的老婆，還理直氣壯折磨女子的丈夫。而相對於專制跋扈的強權，矢志復仇的兒子赤比和屈辱被奪的何氏二人，形體雖都不得不死，精神卻神奇的穿越死生的界線，發揮不可思議的頑強力量。

故事裡容或有些駭人的情節，譬如人頭落地還挺立奉頭；已然殉情卻能

化身鴛鴦或用梓木的彎身相向示愛，但小說要彰顯的並非這些神怪的情節，而是昭告世人：情感自主、工作自主是基本人性，不可屈服。即使是強權壓頂，人們的意志力也是不容小覷，它甚至可以穿透空間與時間，代代相傳。

有趣的是，干將曾交代了「出戶望南山，松生石上，劍在其背。」的遺言；何氏也湊巧在寄給丈夫的信裡，以隱語「其雨淫淫，河大水深，日出當心。」傾訴心事。兩篇小說裡，親人之間溝通都恰好各用了一段廋辭。

唐朝有名的復仇傳奇〈謝小娥〉，小娥的父親及丈夫在江湖上被強盜殺了，也

文學小辭典：廋辭

廋，是隱藏的意思。廋辭，就是隱藏含義於言辭之中，原先是譏誚消遣的遊戲。發展到漢代，產生大的變動，以東方朔為代表的一批文人為隱語轉變為謎語做出大貢獻。他們將隱語推向更高的境界，內容更加精采，文字也更加簡練。

曾前來託夢：「殺我者，車中猴，門東草」、「殺我者，禾中走，一日夫」。小娥花了好多年解謎，都不知道什麼意思，後來靠一位博學的和尚才幫她找出兇手的名字。

六朝之後的小說（尤其是武俠或推理小說），也常援用這種寫作策略。或為緝凶、或為尋寶，有的純粹是譏嘲別人；《鏡花緣》、《紅樓夢》等世情小說，因為文學性高，常在小說裡出現作者精心創制的燈謎，對人物心理描寫起了十分重要的烘托作用，顯得清雅不俗。

文學小辭典：世情小說

中國古典白話小說的一種，又稱為人情小說。它是以刻畫悲歡離合、描寫人情世態為主的小說。

仙鄉——凡人心中的渴望

魏晉以後的筆記小說出現許多仙鄉的故事。故事多半寫漁人或樵夫，莫名其妙的誤入仙鄉，經過如夢似幻的仙界生活後，再度回到人間。可是等到回到人間後，人事卻已幾經滄桑、面目全非了。

文學小辭典：述異記

本書有二，一為宋齊間人祖沖之所寫，一為梁任昉所撰。祖沖之所作已佚，《古小說勾沉》輯得九十條；任昉所寫，今存二卷。

山中一日，世上千年

南朝梁任昉的《述異記》中有一則比較簡單的記載，寫的是〈王質爛柯〉的故事。

晉朝時有一個叫王質的樵夫，有一天進入石室山砍柴，遇見幾位童子在下棋、唱歌。王質出神的坐在一旁觀棋、聽曲。童子遞給

他一顆像棗核的仙果，他將它含在嘴裡，竟神奇的不覺饑渴。

不久，童子朝他說：「你幹嘛還不回家啊？」王質彎下身，卻發現放在一旁的斧頭的斧柄已經腐爛。回家之後，居然鄉人都不認識他，因為所有的同輩人都已經死了。

這故事裡的童子其實是仙人，如棗子一樣的東西象徵「時間」，吃了它後，時間瞬間從現實轉換為仙鄉的速度。所以，王質在仙鄉看似只待了一會兒，其實，人間已過了非常長久的歲月。〈王質爛柯〉的故事雖然不算是成語，但是「山中方一日，世上已千年」，中國古人對人神兩界的奇幻想像確實叫人歎為觀止。

類似的仙鄉故事裡最完整的，就數《搜神後記》裡的〈袁相根碩〉了。

精選原典

信安郡石室山，晉時王質伐木至，見童子數人棋而歌，質因聽之。童子以一物與質，如棗核，質含之而不覺飢。俄頃，童子謂曰：「何不去？」質起視，斧柯盡爛。既歸，無復時人。

時間的青鳥一去不回

會稽剡縣民眾袁相、根碩，相偕去打獵。經過深山峻嶺後，忽然看到六、七頭山羊，就追著山羊跑。直

文學小辭典：搜神後記

晉陶潛撰，今存十卷。本書文筆清俊，不下於《搜神記》。書中故事越發曲折完整，瑣碎雜錄明顯較少。

到一座窄狹又難走的石橋，那些羊忽然不見了。兩人只好渡過河，向險峻的山崖前進。當時山崖呈現赤紅色，山壁挺立，當地因此就叫做赤城。從山崖上方有水流下，就好像一匹布一樣，剡縣的人就稱呼這叫「瀑布」。羊腸小徑有個像門一樣的洞穴，過了門就豁然開朗。進到裡頭，感覺十分寬敞平坦，而且傳來陣陣的草木的香氣。

一個小屋子裡，住著兩位年約十五、六歲的小姑娘，穿著淡黑色的衣服，一位名叫瑩珠，一位叫潔玉。看到他們來，非常開心，說：「早就盼望著你們來了！」於是他們就留下來和小姑娘結了婚。

有一天，這兩位姑娘忽然出門，說是又有人找到了伴侶，要去為她們慶賀一番。於是，趿著鞋子在絕壁上行走，發出了琅琅的聲音。袁相、根碩一直挺想家的，就趁此機會偷偷往回跑，不知怎的，竟被那兩位姑娘發現了。雖然把他們追回來，卻也不攔阻，只說：

「要走就走吧！」又送給根碩、袁相腕囊，說：「千萬不要打開哦！」他們兩人就回家去了。

有一日，他們出門去，家裡人偶然把腕囊打開，只見那腕囊像蓮花一樣層層開放，直到有五層之多才停止，有隻小青鳥從腕囊裡飛走。根碩回來，看到腕囊已經被打開，心中非常惆悵，卻也無可奈何。後來，根碩在田裡耕作，家裡人像往常一樣給他送飯，只看到他在田裡一動也不動，趨前一看，只有一個像蛻皮之後的蟬殼留在那兒。

故事的結尾十分寫意，青鳥是時間的象徵，家人誤開腕囊，讓青鳥飛去，預示了主角失去重返仙鄉的機會，也將鎖閉在腕囊內的時間放出，神祕力量跟著消逝，身體因此迅速衰敗，必須留下軀殼而死。

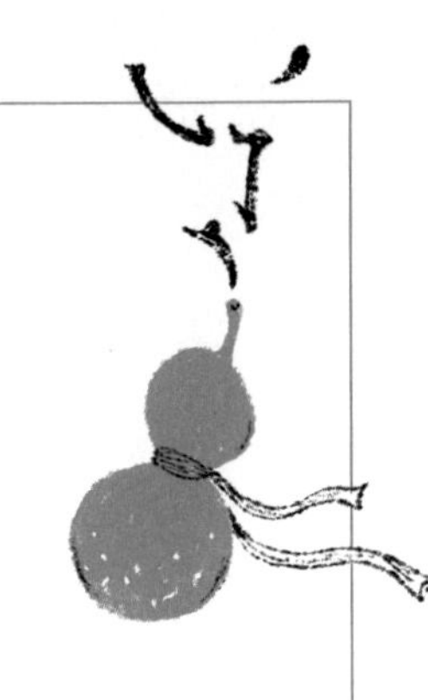

解讀與賞析

透過創作建構理想世界

從多篇遊歷仙境小說中的主角身分看來，幾乎都是採藥人、漁夫、農夫、獵人等平民百姓，進入山林後開展一段奇遇。主要是因為這些平凡的主角在現實中備受壓抑，希望對抗魏晉門第與生活的壓力，於是透過創作表達個人的思想情感，企圖建構理想世界。

值得注意的是，在進入仙境前，主角通常會先進入山裡，再經過僅容一人通過的山洞入口，就是世外桃源。要到達仙境入口前，會先有幾個特徵，如：〈王質爛柯〉接觸到特殊的食物；而〈袁相根碩〉也是穿越瀑布才碰到山穴；主角通常會遇到一些困境，困難一旦解決，便是柳暗花明又一村。正

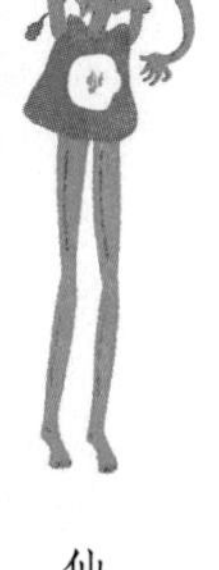

暗示想要逃避世俗壓力直達理想世界，其實有相當的難度。

有趣的是，仙境的世界裡，幾乎都是女兒村，要不就是老人跟小孩，當中的仙女個個俏麗婉媚，且似乎都具有預知能力。根據描述，仙界裡喝的、吃的、住的，都很高級，而且有婢女隨侍。這些仙女漂亮、主動，而且不妨礙在人間的婚姻，肯讓男人隨時離開，不受禮法約束。那裡的人長生不死、容顏不老、不食五穀、神通自在，沒有禮教的約束，沒有爭奪和戰爭，可以尋求個人與婚戀的自由，是現實世界男人最大的嚮往。

其次，主角離開仙境回到人間時，往往已不復相識。像另一小說〈劉晨阮肇〉裡劉、阮二人停留仙境半年，人間已過七世；也有仙界一日、人間九代的。這種時間快慢的差異，將仙界生活的悠遊自在，對照出人世的度日如年。在仙鄉故事裡，時間是一個重要的因素，仙人之所以能夠長生，是因為

他們能擺脫世間的時間控制，避免衰老與死亡的威脅。作者寫出了凡人最大的渴望。

日本學者小川環樹曾歸納出中國仙鄉故事的八個特點：一是到山中；二是先要通過洞穴；三是仙藥和食物：四是和仙女戀愛或結婚；五是道術與贈物；六是懷鄉與勸歸；七是時間；八是再歸與不成功。

再歸與不成功，在陶淵明的〈桃花源記〉裡記得最分明。〈桃花源記〉把仙鄉傳說落實到現實世界，寫一群人因逃避戰爭而住進山區的桃花源，過著沒有重稅、沒有壓迫、沒有戰爭，有如仙境般的生活。誤入其中的武陵漁夫，一旦走出桃花源，就再也回不到那個洞天福地。不管如何在屬於他的現實世界中掙扎、尋索、努力，就是再也找不著心目中的理想國度了。

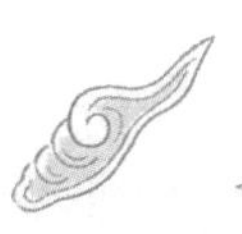

第四篇 志人小說

魏晉上流社會的眾生相

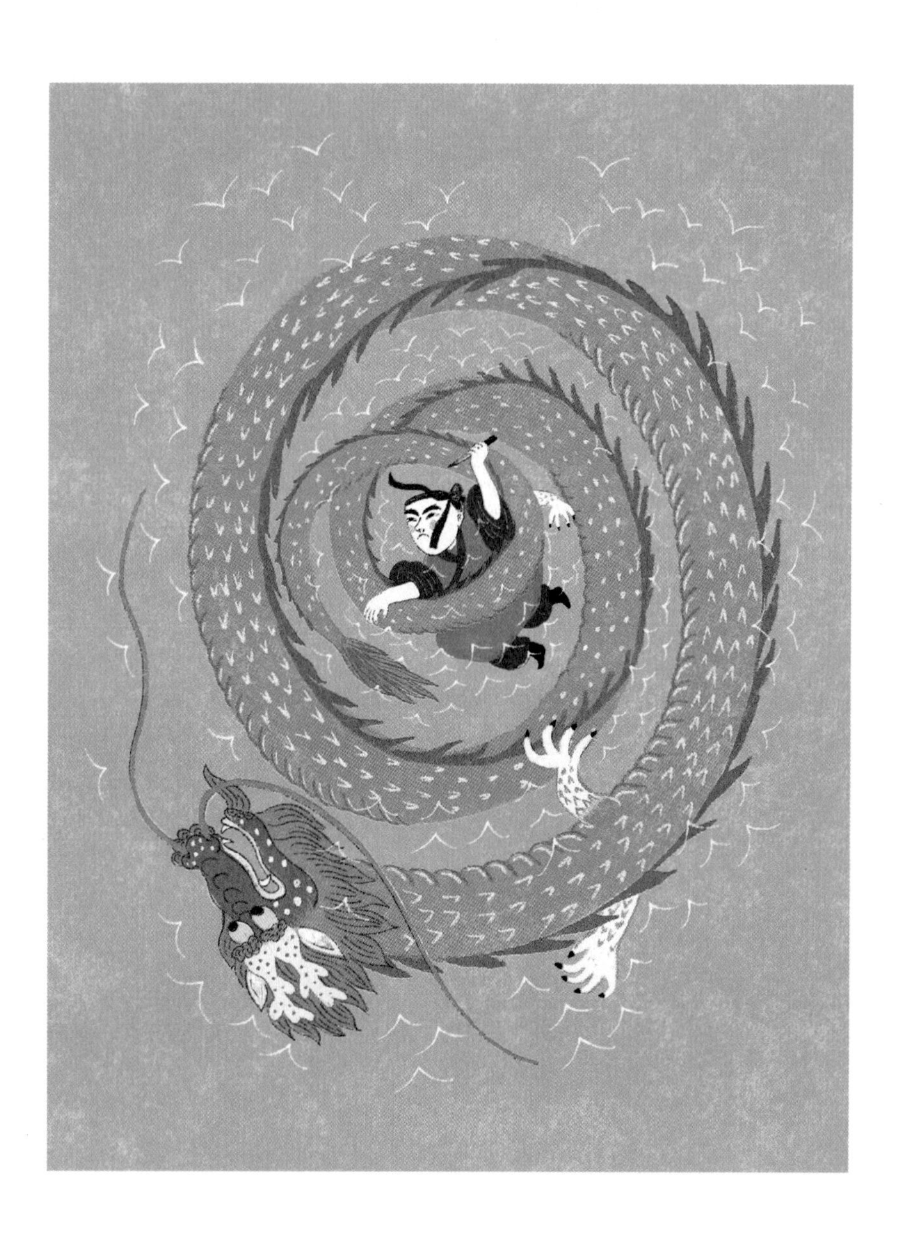

魏晉上流社會的眾生相

《世說新語》是一本專門寫魏晉人物的書。書裡既寫男人，也寫女人。其中最受作者劉義慶激賞的女人，非許允的妻子阮氏莫屬。因為〈賢媛篇〉三十二則裡，光是寫她的就占了三則。

文學小辭典：《世說新語》

是魏晉南北朝時期「筆記小說」的代表作，由劉義慶召集門下共同編撰。全書分上、中、下三卷，依內容分：「德行」、「言語」、「文學」等等

共三十六類，一千多則。每則文字長短不一，有的數行，有的三言兩語，由此可見筆記小說隨手記錄的特質。

漢魏六朝之前的神話、寓言、志怪小說，多半是以「鬼神」為本位的「志怪」體，讓志怪體小說走入真實世界的橋梁書是劉義慶編撰的這本《世說新語》。

聰慧的醜新娘

許允的妻子是阮衛尉的女兒、阮德如的妹妹。她長得很醜，所以，婚禮結束後，許允氣得不肯進入新房，家人為此非常擔憂。剛好有客人來訪，許妻派婢女去看看，婢女回來答說：「是桓先生。」桓先生就是桓範。許妻放下心來說：「不用擔心，桓範一定會勸得他進來。」

桓範果然向許允說：「阮家既然嫁了一位醜女給你，應當是別有用意，你應該想辦法去了解她。」許允無奈，只好依舊回去房內。可是，一見到妻子就實在受不了，馬上回頭要走。妻子急，心想，這回若是讓他出去，恐怕就不會再進來理會自己了。於是抓住許允的衣服，留住他。

許允不知道該怎麼辦，只好問她：「身為婦人，應該具備四德（**婦德、婦言、婦容、婦功；是古時候男性選擇妻子的標準**），你覺得自己有幾種？」妻子說：「我所缺乏的只有容貌而已。但是讀書人應該具備上百種的德行，你又有多少種？」許允大剌剌回說：

「都具備啊！」妻子說：「這些眾多德行中，以品德為最優先，而你卻只喜好美貌，一點也不重視德行，怎麼能說是都具備？」許允被這麼一說，感覺萬分慚愧，夫妻兩人從此互敬互愛。

關於這位醜新娘，《世說新語》還寫了後續發展。

許允擔任吏部侍郎時，選拔出好多同鄉來當官，魏明帝（曹睿）聽說了很生氣，派虎賁去拘捕他。阮氏出來對丈夫說：「請務必記得，英明的君王只能以道理說服，不能靠人情懇求寬恕。」到了朝廷，皇帝親自審問他，許允回答說：「孔子曾教導得舉荐你所熟知的賢才，我選出來的同鄉都是我所了解的賢人。陛下應該考察他們是否稱職；如果不稱職，我甘願受罰。」皇上覺得不無道裡，經過慎重考察，發現他任用的同鄉果然都名實相符，就把他給放了。不但如此，皇上看到許允身上的衣服破舊，還下詔賜給他新的衣服。

當初，許允被捕時，全家哭成一團，只有阮氏神情自若，說：「不用擔心，不久就會被釋放回來的。」還刻意煮了小米粥等待。果然，沒過多久，許允就回來了。

不過，即使這位賢內助百般聰慧，終究還是沒能保住許允的性命。〈賢媛篇〉裡有另有一則相關故事。

許允被晉景王所殺，門人驚惶來報。阮氏正在織布，神色不變，淡淡的說：「早在預料之中。」門人想要將她的兒子藏起來，阮氏說：「不必安排孩子的事。」後來，他們搬到許允墓地邊住下。景王特別指派鍾會來探看，並叮嚀鍾會：「假若孩子才學像父親，就將他們收押。」孩子們請教母親，阮氏說：「你們雖然資質不錯，但才能有限，儘管敞開胸懷說話，不用憂慮。不必表現太過憂傷，鍾會停止哀悼，你們就停止哀傷。其次，多少談些朝廷的事也無妨。」孩子們聽從母親的話行事。鍾會回報狀況後，景王覺得沒有威脅，就放過他們了。

充滿機趣的說話技巧

關於說話的技巧，《世說新語》中有很多著墨。專章集中描繪的，至少就有〈言語〉〈規箴〉兩章。譬如有一則寫東方朔的：

漢武帝的奶媽曾經在外頭犯了法，武帝想加以治罪。奶媽嚇壞

了，向東方朔求援。東方朔說：「這件事沒辦法用口舌解決，如果你希望把事情辦成，到時候皇上必找你去問話，離開時，你不妨頻頻回頭看皇上，切記千萬別說話。這或許可以讓你有一線生機。」

奶媽去見武帝時，東方朔就站在皇上旁邊。奶媽離開時，頻頻回頭，他故意對奶媽說：「你真是糊塗！聖上哪裡還記得小時候給他吃奶的情形啊！」武帝雖然才能出眾、心地殘忍，還是很念舊情，一聽這話，頓覺好不忍心，於是就赦免了奶媽。

這是一則充滿肢體語言的機趣文字。東方朔教導奶媽頻頻回顧，自己則一語道盡人情冷暖，既勾引出武帝的古早記憶，也提醒皇上莫要做個無情無義的君主，機智的化解奶媽的危機。

周處除三害

《世說新語》中最知名的故事，就屬除三害的周處了。

周處年輕時為人兇狠霸道，被家鄉人所痛恨，他和當時義興水中的蛟龍與山中的邅迹虎，都危害百姓，義興人管他們

叫做當地的「三害」。其中，周處的危害可說是最嚴重的。於是，有人勸周處去殺虎斬蛟，其實是想讓周處送死，讓三害除去一害。

周處聽了之後，不但真的去殺了老虎，還跟水中蛟龍搏鬥。蛟龍載沉載浮了好幾十公里，周處緊跟著不放，經過三天三夜，村子裡的人都以為他死了，歡天喜地的慶賀。沒料到周處居然殺了蛟龍，活著回來。聽到村人以為他死了而大肆慶祝，周處才知自己被人們所害怕、討厭，決心改過向善。

他前往吳郡拜見陸機和陸雲。陸機不在，只看到陸雲。他把事情的經過告訴陸雲，並說：「我很想改正錯誤，可惜虛度了許多光陰，終究是一事無成。」陸雲說：「古人認為早上聽到了真理，就算晚上很快就死了，也沒什麼好遺憾的。何況，你還大有可為。而且，人只怕沒能夠立志，何必煩惱美名不揚呢！」周處聽說後，真的從此改過自新，終於成為忠臣孝子。

這則故事經常被寫入教科書裡，提醒大家犯了錯沒關係，只要能立志改過，依然可以抬頭挺胸的做人。

最後介紹〈任誕篇〉一則具有象徵意義的〈王子猷訪友〉。

有一晚，下了場大雪，居住在山陰的王子猷一覺醒來，開門吩咐下人備酒，看見周遭一片皎潔。他漫步徘徊，吟詠起左思的〈招隱詩〉，忽然想到住在剡縣的好朋友戴安道，便連夜坐著小船去找他。經過了一夜才到達，到了門口，王子猷卻隨即轉身返回。有人問他為何這樣？他回說：「我本來就是乘著興致前去，既然興致已盡，又何必一定要見到戴先生呢？」

魏晉時期文人雅士順任本性、自然不拘的品格，從〈王子猷訪友〉這則故事裡充分顯示出來。

精選原典

王子猷居山陰，夜大雪，眠覺，開室命酌酒，四望皎然。因起彷徨，詠左思招隱詩。忽憶戴安道。時戴在剡，即便夜乘小舟就之。經宿方至，造門不前而返。人問其故，王曰：「吾本乘興而行，興盡而返，何必見戴？」

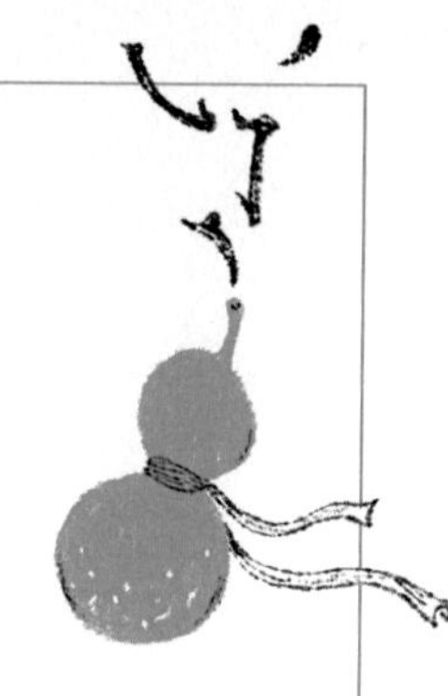

解讀與賞析

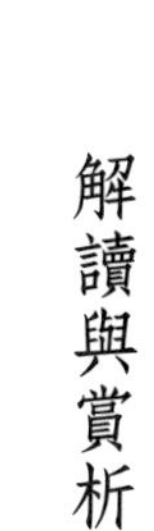

用文學之筆渲染歷史素材

《世說新語》的原文非常優美精簡。在第一則中，許允的自負，媳婦的智巧；加上配角桓範、家人、婢女的穿梭，使一位不願入洞房的新郎，接受了他的醜媳婦。對白生動靈巧，敘述詳簡得宜，主配角妥切襯合，人物個性因之躍然紙上。

第二則裡，成為人妻的阮氏，在丈夫遭遇難關時，以一句關鍵性的叮嚀，讓丈夫掌握遊說的方向；更以自若優遊的態度穩定家人的驚慌。

第三則中，因景王懷疑許允密謀讓夏侯玄代替自己輔政，將許允流放到邊疆，並在中途加以殺害。阮氏早知景王胸襟狹窄且疑心病重，必殺允；也知鍾會奉命前來，必將據實以報，不至惡意陷害；所以只教兒子淺薄應對，

減少景王的猜疑，讓兒子脫險。

因阮氏知人透徹、識見廣遠並細膩圓滑，所以知道用何種態度面對事情可免去家人的災難。三則故事，像連環圖畫般，接續呈現阮氏的才情及識見。這些看似尋常的對話與描述，精準的抓住她睿智賢慧的婦德、婦言及婦功，也照應了洞房內有關「四德」的應答。

〈王子猷訪友〉這則故事裡，王子猷在雪夜吟詩時之所以想起戴安道，跟他雪夜所見的美景及所吟的〈招隱詩〉有關。

戴安道是位美學素養很深的隱士，會畫畫，也很會雕塑，王子猷想跟朋友分享美景的強烈渴望，讓他不管多晚、也不管多遠，立刻就坐船出發。這麼一位任情任性的人，經過一夜的遠距離行船，竟然在已然到了門口卻沒有和朋友見面的情況下就又回頭返家，著實讓人費解。

我們猜測，也許王子猷搭船訪友只是為貪看自然美景找一個藉口，看夠

了風景，自然就可以回家；也可能是他乍然面對白茫茫的雪夜，一時寂寞難解，想找個知音聊聊；但在行程中已然被沿路風景所撫慰而覺得不再徬徨，忽然覺得見不見面都無所謂了。讀者可以自行想一想其中的奧妙。

《世說新語》的寫作，揚棄鬼怪，專門寫「人」，用文學之筆渲染歷史素材，就像一部當時上流社會的人際往來實況，非常精采。

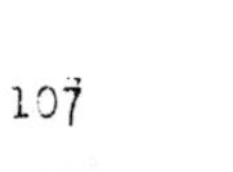

第五篇

筆記小說

一隻蟋蟀救全家

一隻蟋蟀救全家

明朝宣德年間，皇室裡盛行鬥蟋蟀的遊戲，每年都要向民間徵收。

這東西原本不是陝西地方的產物，但有一位陝西華陰縣的縣官想巴結長官，把一隻蟋蟀獻了上去。上司發現這隻蟋蟀英勇善鬥，要求他經常供應；縣官只好硬把供應的差事派給各鄉的里長。

於是，有些遊手好閒的年輕人，捉到厲害的蟋蟀就用籠子養著，不輕易出手，等價錢飆高時出售。而那些狡猾刁詐的里長，只好藉機依各家的人丁數目，向老百姓分攤費用；每分攤一隻蟋蟀，就常常使得好幾戶人家破產。

文學小辭典：《聊齋志異》

全書十二卷、四百八十八篇，是中國文言短篇小說的巔峰作品。作者蒲松齡藉著神仙妖怪的故事，揭露人間的不公不義，譬如：官場腐敗、科舉弊端、社會黑暗及婚姻制度的不合理。

《聊齋誌異》在中國文學史上之所以備受推崇，除了內容幻異，所揭櫫的社會正義外，它的文筆洗練，構思奇崛且跌宕多姿，刻畫又十分細膩，在藝術成就上也令人擊節聲賞。

蒲松齡將自己由「八股文」的僵化裡釋放出來，雖然寫的是人鬼故事，但是涵蓋極深刻的現實意義，深受世人的喜愛。

受挫的老實人

縣裡有個叫「成名」的讀書人，沒考中秀才。他為人拘謹，不善言辭，被縣官報到縣裡，擔任里長的差事。他雖然百般不願意，可也沒法子。不到一年，原本就不豐厚的家產受到牽累全賠光了。又逢縣府徵收蟋蟀，成名不忍向老百姓徵收錢糧，但自己又拿不出錢來，心裡苦得不得了，一心尋死。

他妻子說：「死了又能怎樣？不如設法找找看，也許還有丁點兒希望。」成名只好早出晚歸，提著竹筒跟銅絲籠到處找尋。在傾頹的圍牆邊、草叢裡，搬開石頭、挖開洞穴，卻都一無所得。有時僥倖抓到兩、三隻，又因為看起來不起眼或規格不合，都沒有用處。縣官一再依期限處置，成名被打了好幾百個板子，血痕淋漓，連走路都有困難，最後根本沒辦法出去找，一想到就覺得生不如死。

這時，聽說村裡來了個能預卜凶吉的駝背巫婆，成名的妻子在百般無奈下，只好準備了禮錢去求神。

走投無路，求神指點

一到門口，只見人潮擠滿紅妝白髮巫婆的屋裡、屋外。成名的妻子走進巫婆的裡屋，看見密室裡垂著簾子，簾外有個香案。所有帶著疑問來的民眾，一一燒香放進鼎裡，然後肅立著聽巫婆望空代為禱告，嘴唇一張一闔，不知在說些什麼。一會兒，室內就丟出一張紙條來，上面寫著求神的人心中想問的事情，沒有絲毫差錯。

成名的妻子也跟著做，把錢擱在桌上，燒香拜拜，隔了約莫一頓飯的時間，果然簾子動了動，也有一張紙拋了下來。拾起一看，並不是字，而是一幅繪著寺廟殿閣的圖畫。

畫裡，寺廟後頭的小山下，橫著些奇形怪狀的石頭，還有一叢叢的荊棘，一隻上品的青麻頭蟋蟀就伏在那裡；旁邊另有一隻癩蛤蟆，好像要跳舞的樣子。她雖然看不懂，但在圖上看到一隻蟋蟀，感覺必有玄機，便小心翼翼的把紙片摺好帶回去。

成名細看圖上的景物，感覺很眼熟，似乎跟村東的大佛閣相像。他反覆的思索：「這圖像會不會就是在指示我蟋蟀的所在地呢？」

他忍痛爬起，拄著枴杖，按照圖片顯示的風景，到大佛閣後方去找。

成名看到一座高高隆起的古墳，他沿著古墳向前走，有堆石頭高高低低排列著，而且長了許多荊棘，就跟那張圖裡畫的景物一模一樣。他在野草叢中慢慢邊聽、邊走，像在尋找細針一般。然而，雖然用盡了心力，卻還是一無所獲。

正心灰意冷時，突然一隻癩蛤蟆從眼前跳過。成名嚇了一跳，急忙追進草叢中。只見一隻蟋蟀趴在荊棘根下，他趕緊撲過去想抓住，沒料到蟋蟀很快跳進石洞裡。他接著用尖草撥弄，沒有用；再用竹筒取水灌進石洞裡，蟋蟀才跑出來，他趕緊捉住牠。

蟋蟀長得非常俊美健壯，長尾巴、青色的脖子、金黃色的翅膀。

成名高興極了，用籠子裝上提回家，舉家歡慶，就像是得到稀世珍寶一般。成名把牠裝在盆子裡，還用蟹肉、栗子粉餵牠，小心伺候著，只等期限到了，拿去縣裡交差。

成名有個九歲的兒子好奇心重，趁著爸爸不在，偷偷打開盆子來看。蟋蟀忽然跳出來，快得來不及捉住。等到好不容易抓到手，腿卻掉了，肚子也破開，沒一會兒就死了。孩子害怕極了，哭著告訴媽媽；媽媽聽了，面如土灰，大罵：「你死定了！等爸爸回來跟你算帳。」孩子嚇得哭著跑掉。

成名回來聽說後，渾身發冷，怒氣沖沖的衝出去找兒子，卻遍尋不著。後來在井裡找到孩子的屍體，怒氣瞬間轉為悲痛，呼天搶地的號哭。夫妻二人對著牆角悲泣，傷心欲絕。傍晚，拿上草席準備把孩子給埋了，走近一摸，還有微弱的氣息，趕緊將兒子放在床上。半夜，孩子甦醒過來，夫妻心裡稍稍安慰了些。但孩子自此神氣呆滯，氣息微弱，一直昏昏睡著。成名看著空空的籠子，不知如何是好，也不敢再責備孩子。他一夜沒有闔眼，直到太陽升起，還直挺挺的躺著發愁。

文學小辭典：蒲松齡

蒲松齡，字留仙，一字劍臣，別號柳泉居士，世稱「聊齋先生」，被譽為是「中國文言短篇小說之王」。

蒲松齡生於明末清初，出身小商人家庭，十九歲時參加縣府的考試，縣、府、道試均奪得第一名，取中秀才。然而他在科舉場中極不得志，平日除微薄田產外，以教書、幕僚維生，四十歲時完成《聊齋誌異》。

不起眼的小蟋蟀

就在這個時候，忽然聽到門外有蟋蟀的叫聲，成名吃驚的起身察看時，那隻蟋蟀卻飛快的跳走。他急急追趕，轉過一個牆角，竟不知去向了。他一路東張西望的追尋，發現一隻蟋蟀趴在牆上；仔細看，這隻比先前他追的那隻還小，而且顏色也不同，他根本看不上眼，只顧四下尋找那隻大蟋蟀。

但那隻小蟋蟀卻忽然跳到他的衣袖上，他細看，形狀很像土狗種的蟋蟀，有著梅花般的翅膀、頭方頸長，看起來還挺可愛的。他別無方法，只好收留牠。但是心裡其實很不踏實，怕縣官不喜歡。

當時，村裡有個好事的少年，養著一隻名叫「蟹殼青」的蟋蟀，每日拿牠跟其他蟋蟀鬥，沒有一次不贏，他打算先養著，等價錢高起來時再出售。他聽說成名抓到一隻蟋蟀，自行跑來參觀。看到成名養的那隻瘦小的蟋蟀，不禁掩著口笑，並把自己的蟋蟀放進那只籠子裡，堅持要兩隻蟋蟀鬥鬥看。成名擔心自己的蟋蟀弱小，一定

鬥不過少年強壯的大蟋蟀；但拗不過少年的堅持，一方面也想著：「反正是隻不起眼的蟋蟀，看來也沒啥用處，乾脆讓牠去拚一下，讓大夥兒開心開心。」就讓那隻蟋蟀去應戰。

他們將兩隻蟋蟀放在一個鬥盆裡，成名的小蟋蟀一開始呆呆的，趴著一動也不動，少年大笑。試著用豬鬣撩撥牠的觸鬚，也沒有反應，少年繼續大笑。再繼續輕浮的撩撥幾次之後，小蟋蟀居然勃然大怒，跳了起來，豎起尾巴和長鬚，還發出激烈的怪叫聲，衝過去一口直咬住對方的脖頸。少年大吃一驚，趕緊下令停止。小蟋蟀昂首振翅，得意的鳴叫，好像給主人報捷似的。成名好意外，高興得不得了。

這時，突然來了一隻雞，直向小蟋蟀啄去。成名嚇得驚叫，幸而沒有啄中。小蟋蟀一跳有一尺多遠，雞又大踏步的追逼過去，眼看小蟋蟀已被壓在雞爪下，成名嚇得臉色

都變了，也不知如何救牠。忽然又見雞伸長脖子扭擺著頭，仔細一看，原來小蟋蟀已跳到雞冠上用力叮著不放。成名驚喜莫名，趕緊捧回，小心養在籠中。

第二天，成名把蟋蟀獻給縣官，縣官見蟋蟀又醜又小，很生氣。成名請縣官讓牠和其他的蟋蟀搏鬥，居然所向無敵。又試著讓牠和雞鬥，果然和成名所說的一樣聰明。縣官因而獎賞了成名，並把蟋蟀進獻給巡撫。巡撫用金籠子裝著，呈獻給皇上，並且上了奏本，仔細敘說小蟋蟀的厲害。

小蟋蟀帶來的榮華富貴

自從小蟋蟀進到宮裡，凡是全國進貢的蝴蝶、螳螂、油利撻、青絲額及各種稀有的蟋蟀，都與小蟋蟀交手過，沒有一隻能占上風。更神奇的是，只要聽到絲竹管弦的樂器聲音，小蟋蟀就能按照節拍跳舞。皇帝欣喜若狂，下詔賞給巡撫名馬和錦緞；巡撫得意了，沒忘記往下獎賞縣官，讓他升遷；縣官一高興，就免了成名的差役，

又囑咐主考官，讓成名考取秀才。

過了一年多，成名的兒子精神恢復了。他說：「我變成一隻蟋蟀，舉止輕快且善於搏鬥，現在才甦醒過來。」巡撫重賞了成名，不到幾年，成名就有一百多頃田地，無數高樓殿閣，還有成百上千的牛羊；每次出門，身穿皮衣，騎上駿馬，比官宦人家還來得闊氣哪！

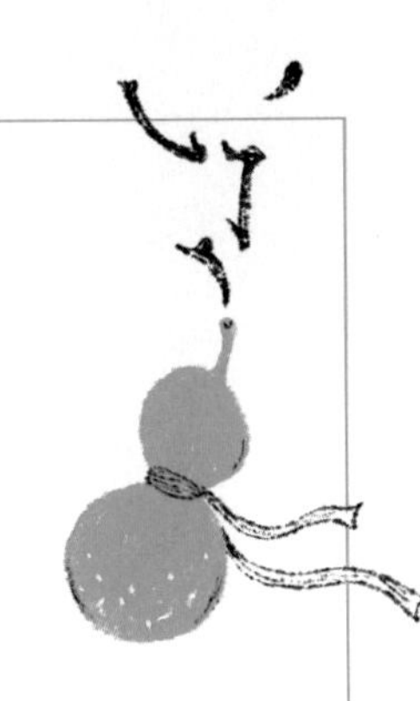

解讀與賞析

以鬼怪嘲諷人間，藉小說表達不滿

本文雖以喜劇收場，但文章裡，充滿了對官吏逢迎媚上造成民不聊生的批判。

故事寫正直老實的讀書人成名，在科舉中受挫；被陷害做了個里長，因為心腸軟，捨不得百姓受苦，一肩承擔所有的責任，後來竟然為了皇上娛樂用的一隻蟋蟀，逼得兒子走投無路、跳井自殺。陷入昏迷的兒子，精魂變為一隻善戰的蟋蟀，被進貢入宮後，讓成名整個人生改觀，富貴榮華無限，堪稱「一步登天」。

這短而精采的小說中，不但淋漓盡致描摹了統治者視人命如草芥的悲慘，

也刻畫了升官發財居然要仰賴一隻蟋蟀的荒謬。

蒲松齡年少就才情橫溢，可是在幾次的鄉試裡都落第，到五十幾歲還沒斷絕求取功名的念頭，也許正因為這樣的挫折，引發出他以鬼怪嘲諷人間的寫作動機，藉小說表達內心的不滿與失落。

《聊齋誌異》的結尾，通常有一段「異史氏曰」的文字，是蒲松齡對故事所作的評論，這也是筆記小說常用的一種形式，承襲自司馬遷《史記》裡的「太史公讚」，通過評語直接表達作者的寫作觀點。

本篇「異史氏」說：皇帝偶爾使用一件東西，有時用過就忘，下面執行的人卻把它當作不變的慣例。加上官吏貪婪殘暴，老百姓一年到頭就算抵押妻子、賣掉孩子，還是沒完沒

第五篇　筆記小說

了。所以皇帝的一舉一動，都關係著老百姓的生死，實在不容忽視。

成名因為官吏迫害而貧窮，又因為進貢蟋蟀而致富，穿上名貴的皮衣，坐上豪華的車馬，得意洋洋。當他充當里長，受到棍棒責打的時候，哪裡想到有朝一日會有這種既富且貴的境遇呢！老天要用這報答那些老實忠厚的人，就連撫臣、縣官都連帶受到蟋蟀的恩惠。俗話說：「一人得道，連雞狗都可以飛升成仙。」這話真是一點也不錯啊！

第二部　中篇小說

第六篇

唐代傳奇

神祕客胡媚兒
少年李靖的奇遇
翻滾吧，老虎！
月下老人的紅絲線
落魄遊俠的南柯夢
薄命女偏遇負心漢

神祕客胡媚兒

《太平廣記》裡有一篇很吸引人的故事〈胡媚兒〉。

揚州街上出現了一個乞丐，一天到晚做些帶著幾分神祕的事情，沒有人知道他是打哪兒來的，只知道他叫胡媚兒。他來到揚州十多天後，便在街上耍起他的把戲來，吸引了很多觀眾。胡媚兒就趁此機會向圍觀的人討賞錢，有時一天可以要到千萬貫之多。

有一回，胡媚兒在眾人面前從懷中掏出一個玻璃瓶子，瓶子大小約可容下半升，裡外透明。胡媚兒把這只瓶子放在腳前蓆子上，然後對圍觀的人說：「要是有哪位朋友肯施捨，只要把這個瓶子裝滿就夠了！」

不信瓶子裝不滿

那個瓶口看起來只有蘆葦桿子那麼細，觀看的人都笑起來說：「這麼細的瓶口，怎麼放得下錢？」胡媚兒歪著腦袋瓜子，促狹的說：「各位如果認為不可能，何妨試試！」於是，有人拿出一百枚錢交給他，胡媚兒接過來叮叮咚咚投進瓶子裡。隔著玻璃看去，那些錢就像一粒粒粟米一樣，大夥兒看了，都驚怪不已。接著，有人拿出一千枚錢幣來，胡媚兒又把錢投進瓶子裡，結果跟前次一樣。又有人拿出一萬枚錢讓胡媚兒丟，情形仍然沒有兩樣。

人群中起了一陣騷動，十萬錢、二十萬錢，大夥兒試著要把瓶子裝滿，結果都還是和原來一樣。有人甚至把自己騎著的馬、驢子趕進瓶子裡。隔著瓶子，只見馬和驢都變得只有蒼蠅那麼點兒大，行動卻仍和原來一樣。街市之中，群情鼎沸。大家一傳十、十傳百，一時之間，圍觀的人竟形成一堵結結實實的人牆。

大夥兒正看得入神時，有一位政府的稅官，正帶了好幾十車的貨物打那兒經過，見人牆堵道，不覺好奇，也湊上前看。等弄清楚

後，心想：「我押送這麼龐大的政府公物，那小小的瓶子其奈我何？」便有恃無恐的向胡媚兒挑戰似的說：「你能不能也讓我這幾十輛車子都走進瓶子裡去呢？」

胡媚兒聽說那些是公物後，遲疑了一會兒：「萬一車子都走進瓶子裡，你怎麼交差呢？」稅官以為胡媚兒心虛了，便理直氣壯的回答：「這是我的事，你就別替我操心了吧！」胡媚兒略做沈吟，便說：「只要你允許，我就可以辦到！你可不許後悔哦！」稅官看了看四周的觀眾，志得意滿的大聲說：「你就試試看吧！」

胡媚兒把瓶子微微側著，嘴裡大叫一聲，就見那些車子「轟隆轟隆」，一輛接著一輛，魚貫進入瓶子中。大家都睜大了眼，爭先恐後的凝視著瓶子。隔著瓶子可以清楚看見，那些車子就像螞蟻搬家一樣在裡頭走著，才一會兒工夫，便一輛一輛的消失了。這時胡媚兒竟然縱身一跳，跳進瓶子裡去了。

稅官一看情況不對，不禁大驚失色，汗流浹背，趕緊拿起瓶子，砸在地上，想找回那些貨物，卻什麼也看不見了。大家議論紛紛的走開，只有那位稅官鐵青著一張臉，跌坐在草蓆上，久久無法動彈。

自此以後，揚州街上就再也不見胡媚兒的蹤影了。

一個多月以後，有人說在河北一帶看見胡媚兒，正趕著那一大隊車輛貨物，急急的往山東方向奔去。

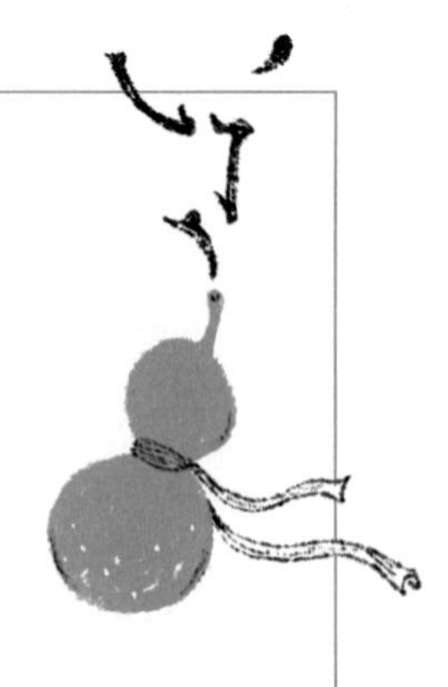

解讀與賞析

神的成分變少，怪的行為更多端

這是一篇極短的志怪小說，見於《太平廣記》第二八六卷，作者為蔣防。雖名之為〈胡媚兒〉，但主要是著力於描述胡媚兒的一口玻璃瓶子。

蔣防利用「層進」的方式強調玻璃瓶的神奇。由一百錢、一千錢、一萬錢、十萬、二十萬到幾十車的貨物；最後，胡媚兒乾脆縱身一躍，連自己都跳進瓶子裡，徒留一個發急的稅官和一群圍觀的群眾。當然，最重要的還有那只破碎的瓶子。作者文筆俐落簡淨，把一個簡單的故事，敘述得高潮迭起，真是志怪的能手。

從神話、寓言、志怪到寫人的《世說新語》，中國的小說都只能算是「殘叢小語」、只鋪敘個大概而已，還談不上是完整的小說，直到唐代才算真正

成熟。

首先，作者開始有意識的創作小說，目的不止於消遣，而是借事諷刺，勸人棄惡向善。其次，小說本身也才完整具備主題、結構、內容、人物等要素，描寫細膩、敘述婉轉，人物的形態與情緒都比較能充分掌握，和詩歌並稱唐代文學的奇葩。

傳奇裡的許多照耀古今的作品，後來都成為宋代話本、元明戲曲及清代章回小說所取之不盡的寫作藍本。它的題材大體可以分成志怪、俠義和愛情三大類。

就以志怪小說來說，同樣敘寫神怪，唐代傳奇和六朝志怪相比，在寫作手法上就有很大的差異。不但篇幅變長了，而且布局更加完整，剪裁更加得法，無論記事、狀物、抒情，都特別注重渲染與具體的形容。神的成分變少，怪的行為變化更為多端。

少年李靖誤闖龍宮

唐朝文武兼備的著名軍事家李靖還沒當官時，經常在霍山上狩獵。若沒能及時下山，總是在霍山上的小村子裡向人求宿。村子裡的人看他相貌堂堂，舉止不凡，也都熱心款待，準備豐盛的酒食。

一日，李靖遇到一群麋鹿，追著追著，群鹿竟失去了蹤影。天色逐漸暗了下來，沒想到一下午的狩獵，不但毫無收穫，居然還在霍山上迷了路，心下不免懊惱萬分，只好拖著沈重的腳步，悵悵然的摸黑前行。夜色從四面八方籠罩了過來，他又餓又累，卻找不到回去的路徑。突然間，他發現不遠的地方隱約有一方熒熒的燭光，心頭一喜，便加緊了腳步趕路。

文學小辭典：《續玄怪錄》

唐代傳奇小說集，因續牛僧孺《玄怪錄》而得名，宋代因避諱改名《續幽怪錄》，撰者李復言，生卒年、籍貫均不詳。其中〈辛公平上仙〉，似是影射宮廷政變，情節離奇，文字瑰麗；〈薛偉〉寫人化魚；〈張逢〉寫人化虎；〈定婚店〉寫韋固赤繩繫足，婚姻前定；〈李衛公靖〉寫李靖代龍神降雨，好心辦了壞事：都是流傳較廣的故事。

山裡的大宅院

只見一座紅門大宅院座落前方，似乎是個大戶人家。他略略遲疑了一下，便敲了門。許久，才有一個人慢吞吞的出來應門。李靖趕緊問他：「對不起！我在山裡打獵，不小心迷了路，可以在貴府打擾一晚嗎？」那人為難的回說：「家裡的男人都外出了，只剩下老夫人，恐怕不太方便留宿客人。」

李靖唯恐無處落腳，再三婉言請求他稟報，那人只好進去請示。一會兒工夫，又出來說：「老夫人原先是不答應的，但是既然已經天黑，你又迷了路，我們也不好不待客，就請進來吧！」李靖喜出望外，謝了又謝，跟著進了廳堂。

一會兒，有一個小婢女出來說：「老夫人來了！」李靖連忙站起來。只見一位婦人，年紀大約五十多歲，穿著白色衣服，湖綠色長裙，神色清雅，氣度非凡。他趕緊趨前作揖，夫人答拜說：「家裡兩個兒子都不在，本來是不能留你作客的；只是，天色已暗，而你又迷了路，如果不讓你住上一晚，叫你到哪裡去？不過，有件事

必須先跟你說清楚：這裡地處山野，如果晚上兒子回來，或有什麼東西喧鬧，請你千萬不用害怕。」

李靖小心的答應著。夫人隨即命人端出酒菜。菜肴十分豐盛。奇怪的是，在這山林中，待客的菜肴裡居然有許多鮮美的魚蝦，實在令人費解。飯後，夫人進入內宅，兩位俏麗的婢女送來了蓆子跟被子，看起來都很華麗。李靖關上房門，滿身的疲憊因為剛才的一頓飽餐而稍微得到紓解。

他本來倒頭就要大睡，突然想起老夫人剛才的一番話。心想：在這山野之中，會有什麼東西半夜前來喧鬧呢？想著想著，不禁害怕起來，索性直起身子，端坐在床頭警戒著。

深夜的任務

夜漸漸深了，李靖等了許久，都沒有任何動靜。朦朧間正要入睡，卻忽然響起一陣急切的叩門聲，把李靖嚇得跳了起來。隱約間聽到有人前去應門，緊接著又聽到一個宏亮的聲音：「皇上有旨，

大郎子當奉命降雨回報，在五更天前須在此山周圍七里之地行雨，不得延誤！更不可有所傷害！」

前去應門的人恭敬的接受了降旨，並進屋呈給老夫人。只聽得老夫人焦急的自言自語：「兩個兒子都還沒回來，如今行雨的旨令已到，既推辭不得，耽誤了時辰又要受到懲罰；即使現在命人前去找回兒子，也已經太晚。底下這些僮僕又不能代替主人專任行事，這可怎麼辦？唉！」夫人在屋子裡，走過來，又走過去，從她凌亂的踱步聲裡，李靖可以感覺出事態十分嚴重，氣氛相當凝肅。

過了許久，一位小婢女試探性的建議：「我看剛才那位客人氣宇軒昂，似乎不是個平凡的人，為什麼不請他代勞？」夫人一聽，十分高興，急忙親自前來叩門：「郎君已經睡著了嗎？可否暫時出來一下？」李靖應答了一聲，連忙整整衣冠出來相見。

這時，夫人才老實的說：「這裡其實並不是普通的民宅，而是龍宮。我的大兒子到東海參加婚禮，小兒子送他妹妹出門去了。剛才我接到行雨的命令，估計兩處行程，合起來超過萬里之遠，要讓兩個孩子趕回也來不及，臨時找人代替也不容易，你正好就在這兒，

所以想麻煩你代為行雨，不知道你可以答應嗎？」

李靖說：「我是個俗人，不懂得如何乘雲駕霧，哪有能力行雨？」講完之後，自己想想，又未免太拒人於千里之外，別人有急難，理應傾力相助才是，所以馬上又接著說：「當然！如果您能教我如何行雨，那又另當別論囉！」

夫人聽到李靖答應了，笑逐顏開的說：「不難！不難！你只要聽我的話行事，沒有什麼不可以的。」緊接著吩咐下人牽來一頭青驄馬，又取來一個行雨的小瓶子在鞍前，很嚴肅的告誡李靖：「你騎上牠，不可隨便控勒韁繩，就讓牠信步前行，只要牠一跳躍嘶鳴，你就拿瓶子裡的水灑一滴在馬鬃上，千萬記住，不可以多灑。」

李靖又好奇、又緊張的上了馬，只感覺到馬足似乎漸漸升高起來，整個人也好像慢慢往空中飛騰。馬走得又快又穩，如履平地，一點也不像在雲上。頃刻之間，風疾如箭，雷霆起於足下。李靖依照老夫人的吩咐，只要馬一跳躍嘶鳴，他就在馬鬃上滴一滴水。如此，一路上倒也十分順利。

一念之差闖大禍

一會兒，雷電都停止了，雲霧盡散，李靖俯身一看，原來已經到了打獵時常常借宿的小村落。他心裡想：「我常在此地打擾，正不知道怎麼報答。此處長久乾旱，農作物都快枯萎了，現在雨既然在我手上，我又何必吝惜呢？一滴怎能救得了這樣的乾旱？我多下它幾滴吧。」於是，連下二十滴。

很快的，行雨完畢，他騎著馬轉回大宅第。心裡正得意萬分，不想一進門，卻看到老夫人滿面淚痕，正傷心的哭泣：「你怎麼闖了這麼大的禍事？不是跟你講好了，一次只能下一滴，怎麼能因你個人的私情而下了二十滴？你要知道，天上這一滴水，就是地上的一尺雨。這個小村莊正值夜半，突然間平地水漲兩丈多高，哪裡還會有活人！我已接受天帝的懲處，挨了八十記杖責。你看看，我背上是不是血跡斑斑？連我的兒子也一起受到責罰，你說現在該怎麼辦？」李靖又是慚愧、又是害怕，不知如何以對，只能滿面羞愧的肅立一旁。

夫人接著又說：「郎君是塵世間的人，不了解天上雲雨的變化，我實在不敢對你有怨恨。只是，恐怕龍師尋到此地來，有所驚恐。我想，你還是早早離開此地的好。只是麻煩你一夜辛勞，不知如何報答。山居簡陋，也沒有什麼東西可以相送，只有兩位奴從奉贈，你兩位都帶走也行，只帶走一位也行，請隨意選擇。」話一說完，馬上出來兩位奴僕。一位從東邊的迴廊裡出來，面貌和悅，態度溫順；另一位從西邊迴廊裡出來，英氣勃勃、桀傲不馴。

李靖心裡揣度著：「兩位都取，未免太過貪得。我是個打獵的人，以和猛獸相搏鬥為能事，一旦選擇了面貌和善的奴僕，人家還以為我怯懦無能哪！」便跟老夫人說：「兩人都取實在不敢當。既承蒙夫人厚意賞賜，就讓這位比較勇猛的跟隨我吧！」夫人微笑著說：「既然你喜歡這樣，那就這麼辦好了。」

李靖帶著奴僕和夫人作揖道別，出門數步，再回頭一看，原來的大宅院居然已經失去的蹤影；轉身和奴僕說話，奴僕竟不知何時也不見了。夜色深沉，但見斜月一鉤，高掛山頭。這一切的一切，真如南柯一夢。

李靖搖了搖頭，搖掉了惺忪的睡意，藉著皎潔的月色尋找路途回去。在微微的晨曦中，他遙遙望見了那個小村莊，水勢滂沱，一片汪洋，僅僅幾棵大樹露出一點梢頭，再無人跡，他不禁傷感起來……

後來，李靖以兵權平定賊寇，功蓋天下，卻始終沒能做到宰相。這或許是沒有連斯文的奴僕一併要來的緣故吧？俗話說：「關東出相，關西出將。」兩位奴僕分別從東、西迴廊出現，豈不正是出將入相的暗喻嗎？用奴僕來做比，就是指「臣下」的意思，如果當初李靖二僕都取，恐怕後來的成就不止於此，而要位極將相了。

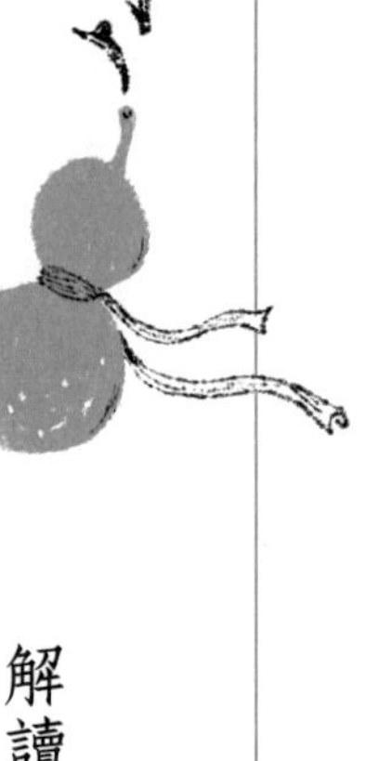

解讀與賞析

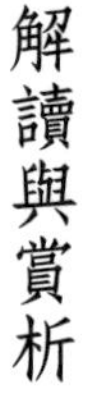

中國民間的「望氣」之說

〈李衛公靖〉這則故事是中國志怪文學到志人文學過渡期的典型作品。值得注意的地方有三處。

首先，場景設定在龍宮。自後漢到隋唐之間的六、七百年間，佛經大量翻譯，中國俗文學受到印度文化的影響最為壯闊。除了影響中、長篇創作的組織化、嚴密化之外，唐朝出現的許多有關龍的小說，就是取材自佛經裡龍的故事。龍雖然是中國所固有，但在小說中出現的龍宮建築及人龍互動，卻都是中土與天竺文化交流的果實。

其次，小說裡的習武青年李靖在尚未功成名就時，不小心誤闖龍宮，引

發後續幫忙龍王行雨的義行。雖然因為俗人不懂天上雲雨變化而弄巧成拙，但終究說明少年李靖已渾身是膽且胸懷義氣，樂於助人。這是中國俠義風氣在唐代小說的體現，也是唐代小說裡最為推崇的德行。

最後，我們注意到當群龍慌亂、拙於應付的時候，有一位小婢女建議：「適觀廳中客，非常人也。」也就是說，她一眼就看出李靖非比尋常。這種「望氣」之說，常常出現在中國的史書或民間傳說裡。凡是重要人物，都是命中註定，周圍常會有五彩絢麗的氣流出現。

《史記．項羽本紀》就記載，項羽在

「鴻門宴」款待劉邦時，范增就力勸項羽要把劉邦殺掉，免得貽禍。因為：「吾令人望其氣，皆成龍虎，成五彩，此天子氣也。」而韓信年輕時犯案當斬，也是因為夏侯嬰「奇其言，壯其貌」而逃過一劫。唐傳奇裡的名篇《虬髯客》裡，圖謀在中原建立功業的虬髯客本來志得意滿，雄心勃勃，但在邀請很會看相的道兄來觀看過李世民的相貌後，一句：「此局全輸矣！」也只好服輸而避居扶餘國，另謀出路。

〈李衛公靖〉這個故事裡，連一個不起眼的小婢女都可以看出李靖不是凡俗之輩，一方面預示了後來李靖的蓋世功業；一方面也透露出「望氣」風氣在民間的流行。

翻滾吧，老虎！

唐人小說《廣異記》裡有一則題為〈范端〉的小說，是人類變形為老虎的故事。這樣的志怪故事，幻化奇異，妙趣橫生。尤其因為還參雜了人情，故事往往顯得婉約動人。

涪陵有一位小官叫范端，行事俐落，很受長官器重。不知怎的，官做久了，竟然逐漸變為一隻老虎。鄰居非常害怕，去跟縣長投訴，說他老是領著老虎群進到村子裡偷吃人家養的牛羊。縣長不信天下有這種事，以為是鄰居胡言亂語陷害他，便召他來詢問。范端辯解是被人陷害的，縣長也就把他給放了。

隔了一段時間後，有隻老虎偷偷潛入別人的倉庫內吃肉。天亮了，出不來。鄰居發動圍捕，結果老虎咬傷了好幾個人後逃走了。

文學小辭典：變形小說

唐代志怪小說的作者，開始藉鬼神來表現自己的思想和主張。妖怪也具備人性，志怪故事開始充滿了生命感。在佛教眾生平等思想的薰陶下，萬物都可以修成人身，人也可能變形為異類，處於現實世界的人類，於是和超現實的鬼神精怪達到空前和諧的相等對待。

村子裡的老人家一口咬定是范端惹的禍。

這回，縣令只好嚴刑拷問，范端也才實話實說：「因為常常渴望吃肉，卻吃不著，只好夜裡去人家的豬圈內偷豬吃。因為實在太美味了，後來只要看到肥胖的人就垂涎欲滴。有一天，居然自動來了兩隻老虎陪伴。我們每晚分頭找食物，找到了就一起分食，我也不知道自己的形體居然慢慢開始轉變。」縣令以為他喝醉酒胡言亂語，訓斥他幾句後，便放他回去。

那晚，范端被放走後，過了幾天才回家。在家裡待了三、四天，黃昏時分，野虎常到村子外號叫，好像在召喚他。村裡的人又緊張起來，決定要殺了他。范端的母親趕緊催促他離開，范端只好哭著辭別母親。

穿靴子的老虎

幾天後，村人偶然看到三隻老虎出現，其中一隻的左後腳還穿著靴子。范端的母親聽說了，在山裡苦苦找尋，終於找到這隻穿靴

精選原典

家居三四日，昏后，野虎輒來至村外鳴吼。村人恐懼，又欲殺之，其母告諭令去，端泣涕，辭母而行。數日，或見三虎，其一者后左足是靴。端母乃遍求于山谷，復見之。母號哭，二虎走去，有靴者獨留，前就之。虎俯伏閉目，乃為脫靴，猶是人足，母持之而泣，良久方去。是后鄉人頻見，或呼范里正，二虎驚走，一虎回視，俯仰有似悲愴，自是不知所之也。

的老虎。母親悲從中來，不覺放聲大哭。這時，其他兩隻老虎默默離去，獨獨那隻穿著靴子的老虎留了下來。老虎向前就著母親，閉著眼睛趴臥著。母親含著眼淚幫他脫掉靴子，發現那隻左後腳還保持著人腳的模樣。母親抱著他的腳哭了好久、好久，才依依不捨的離去。

後來，村子裡的人常常看到這些老虎。一回，有人試著喊：「范里正！」其他兩隻老虎都嚇跑了，剩下的那隻回頭看了一眼，瞬間露出極為悲傷的表情。從那之後，連這隻老虎也失去了蹤跡。

另有一篇收在《續玄怪錄》裡的〈張逢〉，充滿奇趣，更是高潮迭起、情節曲折。

南陽人張逢到嶺南遊玩，在福州福唐縣橫山店的山林休息。當時，天氣剛剛放晴，黃昏時，山色極為美麗，煙霧迷濛。他拄著拐杖走著、走著，不知不覺走遠了。忽然，他看到一段長約百餘步路的小草地，蒼翠可愛。旁邊有一棵小樹，張逢一時興起，脫了衣服，把手杖靠在樹幹，躺到草地上，左右翻滾，舒服的睡著了，蜷縮得像一頭野獸。

張逢睡夠了以後，起身竟變成一隻五彩斑斕的老虎，自覺爪牙銳利、渾身是勁兒。他一躍而起，翻山越嶺，速度快得有如閃電。天黑了，感覺十分飢餓，就慢慢走到村莊旁，看到狗豬馬牛居然都沒有吃的欲望，只恍惚記得好像要找到一位叫「福州鄭錄事」的人，就在路邊潛伏窺伺。

變虎吃人的奇事

不久，有一位等著迎接來往賓客的候吏打從南方來，看到人就問：「有個福州鄭璠錄事，聽說要住到前方的旅店，不知道究竟什麼時候會到？」那人說：「啊！那正好是我的主人，應該不久就會到了。」候吏問：「他是獨自來，還是結伴同行？我迎接的時候，可不要搞錯了才好。」那人回說：「是三人同行。其中，穿綠衣服的那位就是他。」當時，張逢正好在一旁躲著，

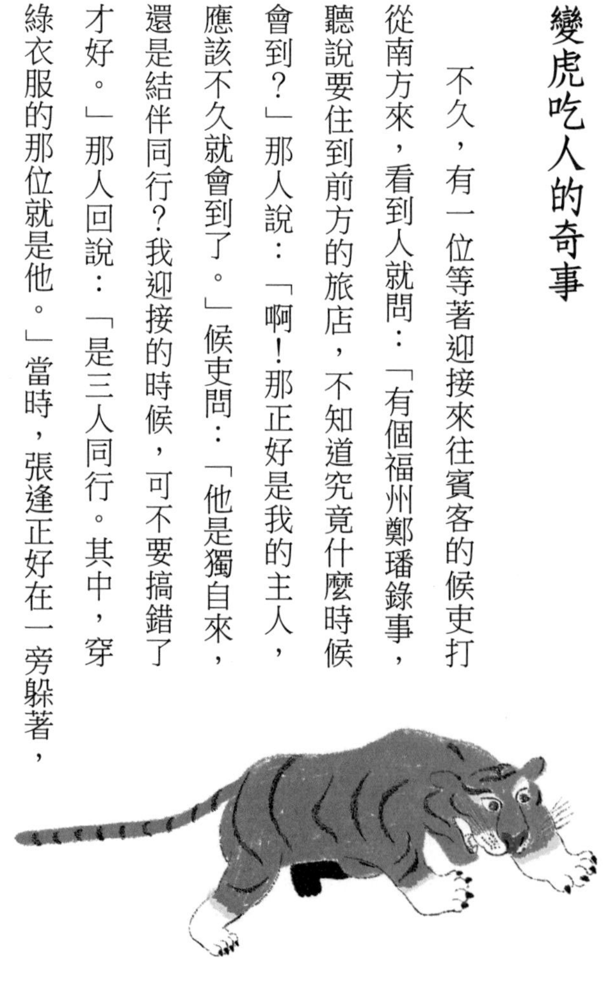

精選原典

南陽張逢，元末，薄游嶺表。行次福州福唐縣橫山店。時初霽，日將暮，山色鮮媚，煙嵐然。策杖尋勝，不覺極遠。

忽有一段細草，縱廣百餘步，碧藹可愛。其旁有一小樹，遂脫衣掛樹，以杖倚之，投身草上，左右翻轉。既而酣睡，若獸然，意足而起，其身已成虎也。文彩爛然，自視其爪牙之利，胸膊之力，天下無敵。遂騰躍而起，越山超壑，其疾如電。

候吏詳細的發問，等於幫了他的大忙，他仔細記住了。一會兒，鄭錄事果然來了！前呼後擁的，穿綠衣，肥胖無比，一副驕傲的樣子。

張逢一看，機不可失，立刻衝出去，把他咬住了就直奔山上。當時天還沒亮，人雖多，大夥兒看到老虎都不敢窮追，他得以盡情飽餐一頓。吃完了，就在山林中晃盪。因為沒有朋友，覺得好寂寞。心想：「我本來是人啊！變成老虎，等於把自己囚禁在深山裡，這可不好玩！不如先找到原先變身為老虎的地方，再設法變回人。」

張逢找了好久，終於找到先前脫下衣服的小草地。只見衣服還掛著，手杖也還在，細草也跟先前沒兩樣。忍不住又躺到草地上翻滾，覺得心滿意足了才起身。奇怪的是，居然就恢復了人形！於是便穿上衣服、拿起手杖回去。

當初，僕人發現張逢失蹤，真是嚇壞了！到處問人家。有人說看見張逢登山去了，僕人到處找，卻都沒有發現。等到他回來，總算鬆了口氣，問他發生了什麼事？張逢不敢講實話，騙僕人說：「去找山泉時，看到一座寺廟，跟和尚談佛，一時興起，忘了時間。」僕人說：「阿彌陀佛！幸好平安無事。今天白天，附近來了隻老虎，

把鄭錄事活活給吃了！山林有猛獸，獨行好危險！您沒回來，讓我們都擔心死了，」

元和六年，鄭逢到淮陽，住在公家的賓館。館裡的官吏請客，大夥兒行酒令，酒杯傳到誰那裡，誰就得說說所遇到的奇事；若是所說的事情不夠神奇，就要被罰。輪到張逢時，他仗著酒意，將當年變虎吃人的事說了出來。巧的是，鄭錄事的兒子鄭遐正好也在座，氣得拔刀就要砍了殺父仇人張逢。幸好眾人阻攔，說：「他這也不是故意的，你若殺了他，自己可得坐牢哦！」張逢才逃過一劫，從此隱姓埋名，再也不敢張揚。

老虎送來的信

類似的故事還有《原化記》裡的〈南陽士人〉。

有一位居住在南陽的讀書人，已經病了好些個日子。正值月光明亮的夏天，他就暫時躺在院子裡睡覺。忽然聽到敲門的聲音，他仔細聽，感覺好像做夢一樣，家裡沒其他人聽見，他恍惚中起身查

看。隔著門，有人說：「你應該變成老虎，這兒有文書一紙。」這人非常驚訝，不自覺把手伸出去接，卻看見送文書的那隻手居然是老虎的爪子！而打開文書一看，空白文書上只有一排老虎的腳印。他感覺十分討厭，就把文書放在蓆子下，繼續睡了。

次日，跟家人提起，那紙文書也還在，而他的病好像痊癒了，決定獨自出門散步。走了大約一里多路，沿著山下的溪澗慢慢走，忽然在水裡看見自己的頭居然變成虎頭，他嚇死了！再瞧瞧四肢，也是老虎的樣子！這下子糟了！他怕這個模樣回家，妻子跟孩子一定會嚇壞了，感覺又羞恥又憤恨，不知該怎麼辦，只好沿路走下去。而那頭的家人，發現他失蹤了一整天，到處尋找，鄰居都說他應該是被老虎或野狼給吃了，全家人遂哭成一團。

這人變虎之後兩天，覺得肚子好餓，正走在水邊的他，蹲下，看到水裡有數升的蝌蚪，就捧過來吃了，覺得味道不錯。走著走著，又看到一隻兔子，竟然手到擒來，不費吹灰之力。接著又捕了好幾次麞兔，慢慢感覺自己身體愈來愈輕而且愈來愈強。於是他白天藏在樹林裡，晚上才出外覓食。有一天，躲在草叢間，看見一位採桑

精選原典

此人為虎，入山兩日，覺飢餒，忽於水邊蹲踞，見水中科斗蟲數升，自念常聞虎亦食泥，遂掬食之，殊覺有味。又復徐行，乃見一兔，遂擒之，應時而獲，即噉之，覺身輕轉強。晝即於深榛草中伏，夜即出行求食。亦數得麞兔等。遂轉為害物之心。忽尋樹上，見一採桑婦人，草間望之。又私度吾聞虎皆食人，試攫之，果獲焉。食之，果覺甘美。常近小路，伺接行人。

的婦人，竟然撲上去把她吃了，還覺得十分美味，從此就常常在路邊撲殺行人。

完成任務，恢復人身

有一天黃昏，他見到柴夫擔著木柴經過，正想撲過去時，忽然身後有人說：「不可！不可！」他大吃一驚，回頭看，原來是一位留著白鬍子的白髮老人，一眼就看出可能是個神仙。這人雖然變成老虎，卻成天想著家人，便跟老人苦苦哀求。老人說：「你變成這樣都是天神的旨意，只要你完成任務，就能恢復人身；你如果殺了這個柴夫，可就永遠回不去了。你明天應該會吃掉一個王評事，接著，就能再重新為人。」話聲未了，人就不見了。

第二天傍晚，這人在官路上等候，忽然聽到鈴聲，趕緊躲進草叢間。這時，聽到空中有人說：「這是誰的行李？」同樣在空中有人回答：「是王評事的行李。王評事現在人在城外，縣官請客的餐會剛剛結束，就要上路了。」這隻老虎聽了，心裡有數，一直等在路上。接著，微微的月光下，一陣人馬的聲音傳來。空中又有聲音說：「王評事來了！」一會兒，一位喝得半醉的紅衣人騎著馬過來，大約四十餘歲，有一些隨從引導著。老虎一躍而上，把他從馬上拽下來，拖到密林深處吃了，那些隨從嚇得魂飛魄散，紛紛逃走。

那人吃完後，感覺稍稍清醒了些，才想起距離有百餘里的歸鄉之路，於是，沿著山路回家。走到溪澗，看到水裡映照出的影像已經是個人了。回家時，家人又驚又喜，距他離家已有七、八個月了。一開始，講話顛三倒四，好像喝醉了似的。慢慢喝了些米粥，經過一個多月調養，終於恢復。

五、六年後，他到陳許長葛縣遊歷。在縣令邀宴的酒席上，主人談到人世的變化，批評那些所謂的「牛哀之輩」（**張衡《思玄賦》裡說有個叫牛哀的魯國人，病了七日變虎，把去探望他的哥哥給吃了。**）老說些人變成老虎的事，根本是無稽之談。這位曾經變成老虎的人，忍不住將自己變虎的經歷說了出來，來反駁主人。主人驚訝極了，因為他正好就是王評事的兒子，而殺父仇人竟然就出現在眼前！當下氣得一刀就把這個人殺死了。

解讀與賞析

完成使命，回不去的生命

〈范端〉寫得婉轉動人，尤其描寫親情部分，直教人淚落不止。不再能說人話的范端，在靜寂之中，俯伏閉目，由著母親抱著他的腳哭泣久久。那隻被靴子包覆的人腳，尚未退化為虎足，是范端的母親熟悉且依戀的記憶。想必是痛徹心肺的母親，只能抱著腳做最後的道別。虎形中包藏的親情，讀者光是想像那樣的情境，無法言宣的痛楚便撲面而來。

張逢因貪看仙媚山色，藹然煙嵐，因此脫衣掛林，並將手杖倚靠樹身，然後投身細草上頭，左右翻滾，竟化身為文采爛然的老虎。冥冥之中，似乎有種潛藏的欲望，想要吃一名叫鄭錄事的人。其後信步前行，果然如願。最

後，回到初化之地，掛著的衣服、倚著的拐杖，甚至柔軟的細草都一切如故；他也跟先前一樣，翻覆轉身在細草上，又恢復人形。全文意象鮮活，首尾照應，像一首美麗的小詩。

〈南陽士人〉將一開始的場景設定在有月光的夏夜，人物則是病弱恍惚的書生，給人似幻還真的迷離感受，增加了幾許魔幻的色彩。化虎過程也寫得飛躍靈動，由水中映現虎頭為變虎的開始，很有美感；而口味的改變也由小到大，由蝌蚪而兔子而麞兔，最後開始吃人，過程描寫極為細膩。

南陽士人在接受指點後，吞食王評事後恢復人身；張逢也在撲殺鄭錄事後還原，都是冥冥中擔負了

某種使命，一旦使命完成，才可以回歸原形，好像在宣傳宿命論。但從另一個觀點來看，評事與錄事都是唐代民間與訴訟有直接關係的地方官吏，他們之所以被天命懲處（為虎所食），可能跟在任時是否公正廉明有很大關係，也許是因為為官不正，招致天怒人怒吧！

這三則變形小說的主角分別出現三種不同的結局：范端未能回歸人類，寂寞行走山林間；張逢雖然幸運存活，卻只能隱姓埋名，低調行事；南陽士人則被憤怒的被害人遺屬所殺。總之，曾經變為野獸的人，幾乎全失去光明正大存活人間的權利，真是讓人無限感傷！

月下老人的紅絲線

杜陵有個叫韋固的年輕小夥子，父母在他還小的時候就去世了。因為寂寞，想早點討房媳婦來做伴。只是到處求親，都沒有結果。

元和二年，他閒來無事，便想到清河去玩一趟。路經宋城，天色已經不早，就找了家客棧歇腳。住店的客人聚在一起聊天，知道韋固急於成家，其中有一位就說：「前清河司馬潘昉有個女兒非常賢慧，據說最近也正想找個好婆家。我代你走一遭，事

情如果成了，你可得好好謝我哦！」

韋固聽到機會來了，十分高興。兩人約好第二天早上在店西龍興寺門口碰頭。韋固回房後，因為興奮，輾轉反側，竟失眠了。天還沒亮，就起來漱洗，月亮猶然高掛，韋固已經趕到了龍興寺。大地一片靜寂，寺門猶自深鎖，只有一位老人倚著布囊坐在台階上，藉著月光看書。

陰間的書

四周靜悄悄的，韋固好奇的走到老人身後，偷偷看他讀些什麼。奇怪的是，書上的字既非蟲篆、八分書、蝌蚪文字，也不是梵文。他大感好奇，便問老人：「老先生，你看的是什麼書？我從小苦學，世間的文字，自信沒有不認得的，就算是梵文，也能讀得通；怎麼你看的這本書我就從來沒有看見過，這是怎麼回事？」

老人笑著回答：「你當然沒有看過囉！這又不是你們人間的書。」「不是人間的書？那到底是什麼？」「哦！是陰間的書。」

韋固半信半疑，又追問：「你既然是陰間的人，為什麼到這裡來？」

老人不禁又笑起來說：「是你起得太早，不是我不應該來。陰間的每個官吏都執掌人間的事務，當然得到人間來走走看看。現在在道路上行走的，人鬼各半，只是你沒有辦法辨別而已。」

韋固愈聽愈感興趣，也愈發好奇：「既然如此，那麼，你掌管的什麼？」「我掌管的是天下的婚姻。」韋固正為婚姻著急，忙問：「我從小父母就過世，一直希望能早些娶親，以延續香火。十年來，我苦心孤詣，多方訪求，卻都無法如願。最近有人跟我提起潘司馬的女兒，依你看，這樁婚事成得了嗎？」

「不成。如果命中註定不合，就算你

降格以求，要娶屠夫、賭徒的女兒也還是不行，何況是你說的那個郡佐的女兒。你未來的妻子，現在才三歲，等到她十七歲時，就會嫁給你的。」

韋固聽說還得等上十四年，感覺好洩氣；但既是命中註定，也是無可奈何。他一轉身看到老人身旁的布囊，又問：「你這個布囊裝些什麼？」老人回答：「只是些紅繩子而已，用來繫住夫妻的腳。自從他們一生下來，我就偷偷的把他們的雙腳繫在一塊兒，即使是仇敵之家、貴賤懸殊，甚至天涯海角，只要這條紅繩一繫，終生不可脫逃。你的腳已經和方才我說的那位女孩繫在一起，再多方尋求也是沒有用。」

韋固問：「可不可以請你告訴我，我未來的妻子現在何處？她家是幹什麼的？我可以看看她嗎？」老人舉起手一指，說：「她就住在這個小店的北方，是賣菜陳婆婆的女兒。陳婆婆經常抱她到市場賣菜，你跟著我來，我就指給你看。」

十四年後的妻子

這時，天已微明。昨天在旅店中和他相約的人一直沒有出現，而老人已收拾起書本扛起布囊走了，韋固也顧不得繼續等下去，匆匆忙忙尾隨著老人到了菜市場。遠遠看見一個瞎了一隻眼的老太婆，抱了一個三歲的小女孩走過來。老人指著老太婆懷裡的小孩說：「那就是你的妻子。」小女孩長得十分醜陋，又是瞎眼老太婆的女兒，韋固愈想愈生氣，說：「可不可以把她給殺了？」

「此人命裡當食皇上的俸祿，將來還要嫁給你，怎麼可以把她給殺了？」老人說完，突然間不見了。韋固心裡很不痛快，罵道：「老鬼如此妖妄，再怎麼說我也是士大夫之家的子弟，娶妻總要門當戶對。即使不能如此，也可以找個貌美的歌伎，何必去娶瞎眼老太婆醜陋的女兒？」

他心中懷恨，遂磨了一把小刀，交給奴僕說：「我看你平常做事挺能幹，如果能替我殺掉那個女孩，就賞你萬貫的錢財。」奴僕見利心動，第二天果然暗藏凶器到菜市場去，於眾目睽睽之下刺了

小女孩一刀，然後急忙逃走。

菜場中的人，見有人當眾行凶，都騷動起來，紛紛聯合起來緝拿凶手，幸好韋固和奴僕逃得快，才得以倖免。驚魂甫定，韋固連忙問道：「刺中了沒有？」「本來打算刺她的心臟的，一時慌亂，只刺中眉間。」一場風波，就此平息了下來；後來韋固屢次求婚，始終沒有結果。

時間過得很快，十四年過去了。韋固因為父親的餘蔭當了相州參軍。刺史王泰讓他專門負責審問囚犯，因為表現良好，刺史便把女兒嫁給他。王泰的女兒年紀約十六、七歲，容貌十分美麗，韋固對她滿意極了。奇怪的是，她的眉間經常貼著一片花子（當時流行**的一種女子額飾，也就是《木蘭詩》裡寫到的「對鏡貼花黃」的「花黃」**），即使是沐浴或居家時，也不曾卸下。

如此過了一年多，韋固覺得很訝異，忽然想起昔日雇小廝刺中女孩眉心的往事，遂逼問他的妻子。妻子哭泣著說：「其實我並不是郡守的女兒，而是他的姪女兒。我父親曾任宋城的郡守，在任上過世。那時我還在襁褓之中，母親和哥哥又相繼死去，只剩一間小

文學小辭典：《太平廣記》

《太平廣記》是宋代人編的一部大書，編成于太平興國三年，所以定名為《太平廣記》。

全書五百卷，目錄十卷，專收野史傳記和以小說家為主的雜著，按主題分成九十二大類，下面又分一百五十多小類。從內容上看，收得最多的是小說，可以說是一部宋代之前小說的總集。

《太平廣記》對後世文學的影響很大，浦江清曾說：「《太平廣記》的結集，可以做為小說史上的分水嶺。」書中絕大部分小說都是唐代的作品，如六朝志怪、唐人傳奇等。書裡最值得重視的是第四八四至四九二卷，裡面所收的《李娃傳》、《東城父老傳》、《霍小玉傳》、《鶯鶯傳》等，都是唐人傳奇的名篇，最早見於本書。

屋在宋城南邊。我和乳母陳氏相依為命，全靠乳母在附近的市場賣菜謀生。乳母憐惜我年紀小，不忍一刻分離。三歲時，抱到菜場中，卻突然為狂賊所刺，至今刀痕尚在，所以用花子來覆蓋。七、八年前，叔父到盧龍上任，我跟隨左右，他才以女兒的名義把我嫁給你。」

韋固大吃一驚，十四年前的預言果然應驗了嗎？遂追根究底：「你的乳母可是瞎了一隻眼睛？」「是啊！你怎麼知道？」「雇人去行刺的，正是我啊！」

多奇妙啊！這莫非真的是命中註定的嗎？他這才和妻子全盤托出十四年前的往事，從此兩人愈加相敬如賓。後來生了一男名「鯤」，做到鴈門太守，母親受封為太原郡太夫人。到這時才知道，冥冥之中註定的事，是沒辦法改變的。

宋城的太守聽到後覺得很不可思議，因此把小旅店題名為「定婚店」。

唐末還有一篇〈灌園女嬰〉（見於《玉堂閒話》），細節略有差異，但可明顯看出是同出一源的。

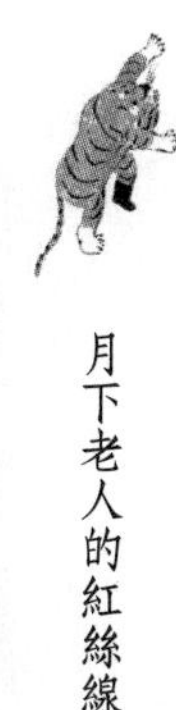

插入腦門的細針

故事寫一位二十歲的少年，雖然很想結婚，卻一直沒能遇到合適對象，於是去找算命的卜卦。算命的告訴他：「你的妻子現在才兩歲而已，她住在滑州城南，父母是幫人灌溉的園丁。」

這位秀才自以為身分地位不錯，應該能娶到門當戶對的對象，想到將娶園丁的女兒，非常沮喪，但又不能肯定，於是專程跑到滑州去打聽。果然在城南找到一個菜園子，問老園丁的姓氏，竟然真的跟算命說的一樣，而且園丁也真的有個兩歲的女兒。

秀才愈想愈生氣，趁著小女孩的父母外出，到小女孩家中拐誘她向前，在她的腦門插下一根細針，然後飛快離開滑州，以為女孩必死無疑。誰知女孩命不該絕，竟然沒事。直到五、六歲左右，父母雙亡，縣裡因為她年紀小無人照顧，把她申報到當地的廉使，廉使便把她留下來養育。一、兩年後，看她慧黠可愛，乾脆收她為女兒，對她寵愛有加。

後來，廉使轉到別的地方任職，女孩也長成亭亭玉立；而當年那位去算命的秀才，也考上科舉，當了官。廉使見他長得一表人才，家世也不錯，便把女兒嫁給他。秀才娶到這麼漂亮的女孩，非常滿意，想到當年算命先生的話，還怪算命的胡說八道。

婚後，只要天氣轉陰，他的妻子便開始頭疼，幾年都找不出原因，特地去尋訪名醫。醫生一看，立刻斷定問題出在腦部，於是將藥膏塗在她的腦門上。沒多久，腦內潰爛，竟滑出一根針來，病居然就好了。秀才偷偷去問廉使的親友故舊，問女孩子的出身，才知道這女孩真的是當年那位園丁的女兒，這才相信算命說的原來是真的。

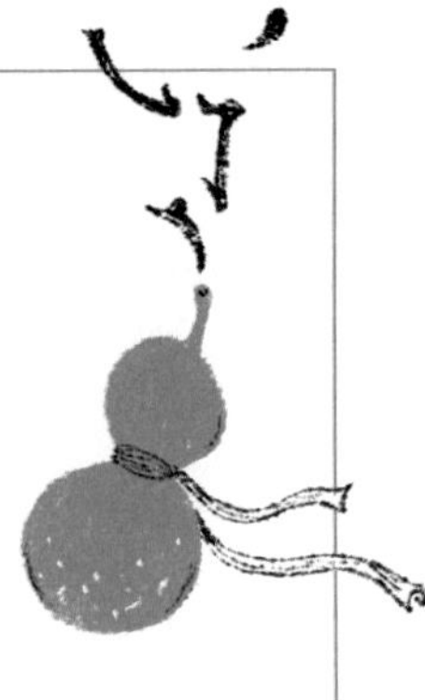

解讀與賞析

人間意志與天命的衝突

〈定婚店〉見於《太平廣記》第一五九卷，作者李復言，是《續玄怪錄》中的一篇。〈定婚店〉裡，李復言利用「刀傷眉間」及「眉間常帖一花子」做為故事情節前後呼應的重要細節。「刀傷眉間」自然伏下「眉間常帖一花子」；前者造成本篇故事的第一高潮，並留給讀者無限的期待，扣緊了情節上的緊張和懸宕。後者極其自然的滿足了讀者期待的心理，具體表現出故事的主題——婚姻原來是老天的安排。

韋固為了改變自己婚姻的命運，反抗命定的陰影，不惜犯下殺人之罪。妻子的眉間，刻下自己少年負氣的傷痕。男主角婚姻自主的意志受到天命的

挫敗，雖然解釋了男女婚姻關係內所包含的一些特殊性和神祕性；但本篇除表現這一主題外，作者還試圖展現「人間意志」與「天命」衝突的問題。

人力雖然無法對抗天命，但人總有尋求個人自主的衝動。天命的結果儘管十分圓滿，人也有不肯隨便就範的衝動。眉間這一枚印記，強烈的顯現了主題所包含的這雙重觀點。

骨幹相同的〈灌園女嬰〉，男主角以「細針內於囟中而去」，姑不論細針入於腦袋中，女嬰如何能「無恙」，過分脫離經驗的真實感而神乎其神；「細針內入囟中」及「輒患頭痛」也遠不如「刀傷眉間」及「眉間常帖一花子」意象運用得精細而詩情。就故事的進展而言，〈定婚店〉一步一步往前推，也比〈灌園女嬰〉來得入情入理且前後呼應。

落魄遊俠的南柯夢

被革職的落魄遊俠淳于棼終日不是在家喝悶酒，就是在住宅南邊那株老槐樹下，和豪客高談闊論。

是個九月天，淳于棼到朋友家中作客，不想談話間，又觸動了他的傷心處。他悶聲不響的拿著酒猛灌，直到醉得不醒人事。座上朋友自告奮勇扶送他回家。淳于棼疲累得不得了，連道謝的話都來不及說，解開頭巾，倒頭便睡在廳堂東邊的廂房裡。

迷迷糊糊的，有兩位穿著紫衣裳的使者前來向他跪拜說：「槐安國王派遣小使專程送信前來邀請先生。」他身不由己的下了床，整理衣服，隨著使者到門口，一輛套著四匹馬的青油小車正在那兒等著。隨從扶他上車，向老槐樹駛去，到了樹邊，使者不由分說的就把車子趕進洞裡。道路逐漸在前面展開，山河、風候、草木都和人間大不相同，他眼花撩亂的四下看著。

走了幾十里，眼前躍入一片城郭，車輛人物，來來往往的，好不熱鬧！趕車的人厲

聲吆喝行人讓路，路人紛紛躲到兩旁。進了城，紅門高樓赫然在目，樓上有一塊金字匾，題著「大槐安國」四字。有一位騎馬的人大叫著：「大王吩咐，駙馬遠道而來，請暫且讓他在東華館歇息！」說著，便領了淳于棼進洞門。

門裡另有天地，雕龍畫棟，花木扶疏，讓人目不暇給。忽然聽得有人喊：「右丞相就快來了！」他趕忙下階敬候。一位身穿紫衣，手拿象牙笏板的人走進來，客氣的說：「寡君不自量敝國邊遠荒僻，奉迎先生，想跟你結為親戚。」淳于棼惶恐的說：「我何德何能，怎敢高攀？」

與國王結親家

說著，兩人走進了大紅門內。矛、戟、斧、鉞排列兩排，幾百個軍官一旁整齊劃一的列隊。他驚訝的發現相交多年的周弁也在裡面。右丞相領著他走上了大殿，殿上坐著一個高大莊嚴的人，穿著白綢衣服，帶著簪紅花的帽子。左右侍者叫他拜見大王，他連忙跪了下去。

國王說：「前次接到令尊的信，不嫌棄小國，同意把我的次女瑤芳嫁給你。」他趴在那兒，屏住呼吸，一句話也不敢說。國王接著說：「現在，你就暫且到賓館裡休息，然後再行婚禮。」

他想起父親在邊境帶兵，因為陷入敵手，不知生死如何，怎麼會為他許了這門親事？繼之一想，也許是父親跟北番和好，才如此做。心裡迷惑，不明白究竟怎麼一回事，只好隨著右丞相回賓館。

當晚，所有婚禮用品全都準備停當。前來道賀的婦女成群結隊，熱鬧非凡。大夥兒嬉遊尋樂，爭著和新郎開玩笑。她們的風韻妖媚，言詞又閃爍巧妙，他一句話也答不出，只有紅著臉苦笑。

正談笑間，來了三位穿戴體面的人說：「我們奉命當駙馬的儐相。」其中一位很面熟，淳于棼指著他詫異的問：「你不是馮翊人田子華嗎？」

他向前親熱的拉著田子華的手，說：「你怎麼會在這兒？我看到周弁也在這兒，你知道嗎？」田子華回答：「我到處漫遊，後來得到右丞相武成侯段公的賞識，因此託身在這裡。周弁現在是闊人哪！當主管境內治安的司隸，權勢很大，還經常照顧我。」

兩人高興的談著，幾乎忘了身在何處，直到傳來聲音說：「駙馬可以進去了。」三位儐相這才急急忙忙幫他換上佩劍冕服。田子華說：「想不到今天倒趕上你的大典，以後可不要忘記我哦！」

文學小辭典：《南柯太守記》

《南柯太守傳》出自《太平廣記》卷四七五《昆蟲三》，為唐代李公佐所著，明代著名戲曲家湯顯祖把〈南柯太守傳〉故事改編為劇本《南柯記》，是他的代表作之一。

此劇在描寫中揭露了許多朝廷的驕奢淫佚、文人的奉承獻媚等。劇中通過夢幻寫人生，是諷世劇。

十幾個仙女在旁奏起奇異的音樂，聲音清遠婉轉，和人間音樂大不相同。另外，有十幾個人拿著蠟燭走在前邊引導，燈火輝煌，兩旁都是金翠屏風，碧綠透明，連著好幾里，十分壯觀。他端坐在車裡，心裡恍恍惚惚，似幻似真，覺得很不安心，幸好有田子華在一旁說笑解悶。

到了修儀宮，仙女姑姊紛紛圍攏過來，七嘴八舌的教他下車拜見，作揖讓禮，走上走下，禮節全和人間一樣。撤開帳幕，移去扇子，他終於看到了金枝公主，大約十四、五歲，模樣兒像仙女。他高興極了，剛才那點兒不安的感覺也隨之拋到九霄雲外。

與父親的約定

婚禮過後，他和公主的情感急速升溫，進出的座車、衣著及遊玩宴會、賓客佣人，都僅次於皇上。何況，國王又常命他和大夥兒一塊上國都西邊的靈龜山去狩獵。那邊山嶺十分高峻，水澤又寬又長，樹木豐潤茂盛，還有各種飛禽走獸，他每次一去，總要逗留很

久，直到盡興才回來。

一天，他獨自待在花園裡沉思，忽然想起久違的父親，於是向皇上請求：「兒臣在結婚那天，曾經聽您提起，說婚事是奉家父之命。家父遠在邊境協助統兵，打仗失利，陷入胡人之手，已十七、八年未通音訊，皇上既然知道他的所在地，我懇請能前往拜見！」

皇上沒有答應，只回說：「親家翁職守北邊，經常有書信往來。你只須寫信問安，由我轉達，不用前往。」他連忙修書一封，並且命妻子備好禮物轉交。

過了幾天，果然得到回信。信裡說了些想念教誨的話，情意婉轉，口氣都和從前一樣；另外，又問起親戚存亡及鄉里的盛衰變化，且說彼此路途遙遠，山川阻隔，叫他不用去見面，最後寫著：「到丁丑年，自會跟你相見。」詞意悲苦，言之心傷。淳于棼捧著信感觸萬端，不覺悲傷嗚咽，不能自已。

努力治理南柯郡

日子飛快的過去。一天，公主對他說：「你難道不想做官嗎？」他回說：「我個性不喜受拘束，也不懂政治，怎麼能做官呢？」公主又說：「你儘管去做，我可以幫助你。」於是，公主向父王稟報。國王把他召來，跟他說：「南柯郡一直不上軌道，我已經把太守免職了。現在想借重你的才能，希望你能屈就，帶著小女一塊兒前去。」他恭敬的接受了命令。

淳于棼年少時放蕩不羈，沒什麼遠大的理想，現在竟然得此機會，心裡好高興，上表說：「我本是將門子弟，然生性駑鈍，才疏學淺，現在突然擔當重任，恐貽誤公事。所以，想找幾個人來輔助。周弁忠貞剛直、守法不偏，有輔佐的才能；田子華處士，清廉謹慎，善於應變，了解政治教化的根本。這兩位跟我都有十多年的交情，他們的才能我最清楚，可以託付政事。擬請派周弁任南柯郡司憲，田子華為司農。如此當可以使南柯郡步上軌道。」國王毫不遲疑的照准。

那晚，國王和夫人在國都南邊為他們餞行。國王說：「南柯是本國的大郡，土地肥沃，物產豐饒，但人口相當複雜。現在有周弁、田子華兩位來輔助你，你千萬要小心謹慎，不要辜負我的期望才好。」淳于棼恭敬稱是。夫人紅著眼訓誡公主說：「淳于郎性情剛強，喜歡喝酒，加之年輕氣盛。作媳婦的人，最要緊的，就是柔順。你能好好伺候他，我就放心了。南柯雖離此不遠，但早晚仍不能相見，今天離別，怎不叫人落淚哪！」

兩人依依不捨的拜別父母，坐著車，帶著一群護衛，滿懷壯志的踏上南柯的路途。淳于棼來到了郡城，老遠就看到迎接他們的人群擠得水洩不通，樂聲震天價響，連著十幾里，深受感動，暗自下定決心要好好治理郡事。他到任後，觀察風俗，改善制度，處處為百姓著想；加上周弁、田子華兩位得力助手，南柯郡在短期內便呈現著一派欣欣向榮的景象。

一晃二十年過去。南柯郡的人民感戴他的恩德，紛紛替他立功德碑、建生祠。國王也很看重他，賜給他封地及爵位，並加宰相的頭銜。周弁、田子華在政治上頗負名聲，屢次升遷高位。公主生了

五男二女，男的以門蔭官職，女的也聘給五族。榮耀顯赫，沒有人能和他相比。

惡運的開始

這年，檀蘿國攻打南柯郡。他上表請派周弁帶領三萬精兵，到瑤台作戰。周弁逞血氣之勇，看不起敵人，以致全軍覆沒。只好丟棄盔甲，獨自逃回。敵人搶得糧食車甲，揚長而去。他囚禁了周弁，自己也連帶請罪，幸得國王赦免。

惡運從此跟定了他。內疚的周弁因長癰瘡死去，公主接著也因病去世。他經不起這雙重打擊，請辭職務，護喪回國都。公主的靈車起行時，路上的排場壯觀，百姓大聲號哭，官吏和人民自動設案祭奠，依依不捨的攀著車轅、攔著道路。終於回到了國都，皇上和夫人穿著白衣在郊外迎靈。看到愛女的靈車到達，不禁失聲痛哭。於是賜諡號順儀公主，葬在國都東邊十里的蟠龍崗上。

淳于棼長久鎮守外藩，又跟郡內人士過從甚密，貴門豪族，都跟他相處融洽。自從由南柯郡回到國都，交遊的賓客既多，隨從又成群，威福日盛。國王心裡很不是滋味，開始猜疑、畏懼。正好又有人上表說：「天象顯現貶謫徵兆，國有大難。都城將會遷徙，宗廟也會崩壞。事變雖起於他族，事情卻是自家人帶來的。」

時人議論紛紛，認定是他奢侈越分，應了天象；國王害怕他僭越，就取消他的侍衛，禁止他和外界交往，讓他成天待在家裡。他自忖當郡守多年，政績卓著，有目共睹，卻受此貶抑，心裡鬱鬱不樂，不免口出怨言。

回到本來的家

事情傳到皇上的耳裡，皇上也不高興了。把他找來，說：「和你結親二十多年，不幸小女夭折，不能和你白首偕老，我們心裡也很傷痛！」夫人接著說：「你岳父體諒你離家多年，准許你暫時返鄉省親，至於外孫，我會好好照顧，你不用擔心。」他疑惑的說：「這裡就是我的家啊！我還能回到哪裡去呢？」皇上笑了笑說：「你

精選原典

旁可袤丈，有大穴，根洞然明朗，可容一榻，上有積土壤，以為城郭臺殿之狀，有蟻數斛，隱聚其中。中有小臺，其色若丹，二大蟻處之，素翼朱首，長可三寸，左右大蟻數十輔之，諸蟻不敢近，此其王矣，即槐安國都也。又窮一穴，直上南枝可四丈，宛轉方中，亦有土城小樓，群蟻亦處其中，即生所領南柯郡也。又一穴，西去二丈，磅礴空朽，嵌窞異狀，中有一腐龜殼，大如斗，積雨浸

本在人間，家並不在此處。請走吧！」

突然間，他覺得自己好像在昏睡中，迷迷糊糊的，豁然醒悟以前的事，遂流著眼淚請求回鄉。皇上示意左右送他，他拜了兩拜，便走出門外。看見座車很破舊，左右親近的僕從，一個也不見，只有先前那兩位穿紫衣裳的使者跟著他，心裡覺得很奇怪。

上車走了大約幾里，出了城，恰如往年來的路途，山川原野，一如往昔。他問送行的使者：「廣陵郡什麼時候可以到？」兩位使者仍舊唱著歌不理會他，他忍住一肚子的氣再問了一遍，他們才冷冷的回說：「一會兒就到。」很快的，車子從洞裡出來。他看到故鄉的街巷仍和過去無二致，再回首前塵往事，不覺淚下漣漣。兩位使者領著他下車，走進門，上台階，看見自己正躺在廳堂東邊的廂房。

他很害怕，不敢再向前走。耳邊只聽得兩位使者大喊他的姓名，他猛然醒過來。看見家裡的僕人在院子裡掃地，兩位客人坐在床邊洗腳，太陽仍舊盤桓在西牆頭，喝剩的清酒也還在東窗下的杯裡，夢中一剎那，卻彷彿過了一輩子。

潤，小草叢生，繁茂翳薈，掩映振殼，即生所獵靈龜山也。又窮一穴，東去丈餘，古根盤屈，若龍虺之狀，中有小土壤，高尺餘，即生所葬妻盤龍岡之墓也。追想前事，感歎於懷，披閱窮跡，皆符所夢。不欲二客壞之，遽令掩塞如舊。

他感慨歎息，就把經過情形告訴兩位朋友。朋友大吃一驚，便跟他出去，找到槐樹下的洞穴。他指著說：「這就是夢裡進去的洞穴。」大家都一致認為，也許是狐狸或精怪作祟。於是叫僕人用斧頭砍斷樹幹，折斷樹枝，尋找洞穴的根源。

現實與夢境不謀而合

在樹旁約一丈的地方，找到了一個大穴，洞裡很明亮，大約可以擺得下一張床。上面堆著土壤做成的城郭、台階，好多螞蟻聚集在裡面。中間有個小台，似乎是紅色的。兩隻白翅膀、紅腦袋、長約三吋的大螞蟻住在裡面，左右有幾十隻大螞蟻保護著，其他的螞蟻都不敢靠近。這裡大約就是槐安國的都城了，而那兩隻白色的大螞蟻不就是他們的皇上嗎？在距此大約四丈遠的南方，又看到一個洞穴，曲曲折折，也有土城小樓，許多螞蟻在裡頭，這就是他所管轄的南柯郡啊！

接著向西去約兩丈的地方，又尋到一個洞穴。廣大空虛，奇形

異狀，中間有一個腐爛的龜殼，像斗那麼大，被雨水浸著，小草叢生，幾乎遮蔽了全殼。原來這便是他經常去打獵的靈龜山！再向東去一丈多遠的地方，又有一個洞。老樹根彎彎曲曲，像龍蛇的形狀，中間有個小土堆，高一尺多，就是埋葬妻子的盤龍崗墳墓。

往事隨著洞穴的出現，此起彼落的在腦海裡掠過。淳于棼真是感慨萬千啊！查看找到的遺跡都和夢境不謀而合。他不願意毀壞它，立刻叫僕人照舊掩埋。這天晚上，忽然起了暴風雨，他心焦的等待天明，一夜沒有闔眼。一早起來，他趕忙再去看那些洞穴，果然不出所料，一群螞蟻全不見了，不知道搬到何處去。夢中所說「國家大難，都城遷徙，宗廟崩壞」的話，這時都應驗了。

他又想起和檀蘿國戰爭的事，便和兩位客人去找遺跡。住宅東邊一里的地方，有條古老乾涸的溪澗，旁邊有株大檀樹，藤蘿交織，上不見天日。旁邊有個小洞，也有一群螞蟻躲在裡邊。檀蘿國，不正是這裡嗎？

當時，住在六合縣的酒友周弁、田子華已有十多天沒有和他往來，他立刻派人前去問候。結果周弁已得急病去世，田子華也正臥

病在床。他頓感南柯的虛幻，覺悟人世的匆促，從此一心皈依道門，戒絕酒色。三年後，正是丁丑歲，他壽終正寢，享年四十七歲，正符合當年和父親約定的年限。

解讀與賞析

夢境，是現實生活的延續

本文見《太平廣記》四七五卷，作者為李公佐。這種以夢境來點明人生如夢的寫作，更早還有知名的〈枕中記〉，寫書生寄宿旅館，將入夢時，主人才開始「蒸黍」，等一覺醒來，蒸的黍還沒熟哪！至今流傳的「黃粱一夢」，正是從這裡出典。

〈南柯太守記〉是融合了〈枕中記〉和其後的〈櫻桃青衣〉兩篇作品特色並加

第六篇　唐代傳奇

拓展而成。相較於〈枕中記〉的史傳筆法，〈南柯太守記〉已演進成更成熟的小說。結構筆法以現實和超現實觀點交互運用，夢境實是現實生活的延續，用幻境暗示當時消極避世的人生觀——富貴如浮雲，人生如幻夢。

全文固然受到佛教影響，也披帶濃厚道教色彩。而那兩位引進及引出淳于棼的紫衣使臣，前恭而後倨，則充分顯露世態炎涼。

薄命女偏遇負心漢

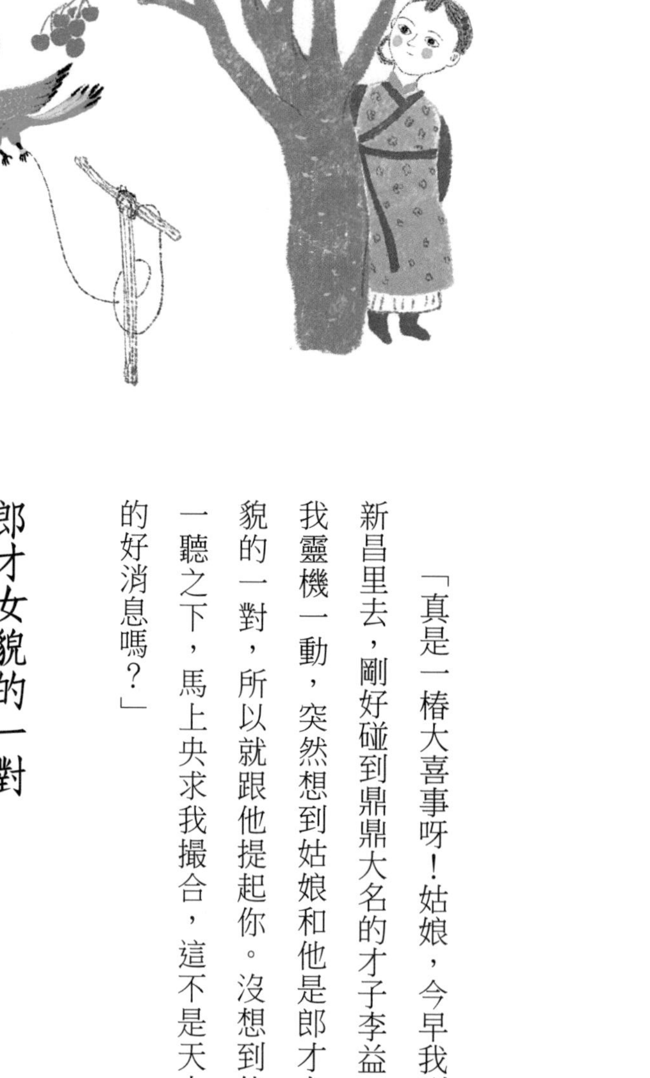

「真是一樁大喜事呀！姑娘，今早我到新昌里去，剛好碰到鼎鼎大名的才子李益。我靈機一動，突然想到姑娘和他是郎才女貌的一對，所以就跟他提起你。沒想到他一聽之下，馬上央求我撮合，這不是天大的好消息嗎？」

郎才女貌的一對

在長安城中提起李益，真是無人不知，

文學小辭典：〈霍小玉傳〉

本文見於《太平廣記》第四八七卷，作者蔣防。男主角李益，在史書中有記載。他長於詩歌，早年官運不順，後來擔任禮部尚書。此人有嚴重的疑心病，性格猜忌多疑，盛傳於當時。

無人不曉。他出身名門，少負才學，詞章文藻更為時人所推崇，認為是一時無雙。霍小玉雖是女流之輩，但自幼在王府中耳濡目染，禮樂詩書，倒也無不通解。因此，對李益的才名心儀已久，昨日聽鮑十一娘這麼一說，不禁怦然心動。

想起前塵往事，這多愁善感的女孩不覺憤懣起來。她一向心高氣傲，只因母親是父親的寵婢，父親一死，她就被同父異母的哥哥給趕了出來，落得必須選擇以母姓鄭，在這窄巷裡安居落戶，想起來不覺氣悶。

突然，一陣尖銳的聲音響起：「有人來了！快把簾子放下！」學著人語的鸚鵡尖著嗓門叫著。霍小玉從窗前的櫻桃樹旁邊望過去，一位身著白色長衫的男子正

邁著大步走進來。逗弄著鸚鵡的鮑十一娘慌忙的迎上前去，將李益引進廳堂。

霍小玉側耳傾聽，坐在廳堂的母親熱絡的說：「常常聽說李十郎的文采風流，今日一見，果然一表人才，名不虛傳。我的女兒雖談不上什麼才學，但容貌還不差，匹配你這樣的才子，倒也合適。現在請她出來跟你見見面吧！」

廳堂的擺設十分簡淨，屋子裡散發著淡淡的幽香，對面坐著霍小玉的母親淨持和媒婆鮑十一娘。淨持大約四十多歲，風韻猶存。酒筵擺好的同時，東邊的閣子輕輕巧巧走出一位佳麗。

「哇！真美！」李益在心裡讚歎了一聲，整個人不禁愣住。小玉低著頭、紅著臉走到母親的身旁坐下。淨持和藹的對她說：「你最喜歡的兩句詩『開簾風竹動，疑是故人來』，就是這位鼎鼎大名的李先生作的。你老是羨慕他的文采，今天見到了本人，可高興了？」小玉仍舊低著頭微笑，許久才輕聲說：「聞名不如見面，既是才子，怎能沒有出眾的相貌呢？」

李益正目不轉睛的望著，聽到這話，慌慌張張的作了一揖，說：

「小娘子貌若天仙，李益唐突了！姑娘愛才，我仰慕你的美貌，我倆如能在一起，不就是才貌兼得了嗎？」大家聽了都笑起來，氣氛輕鬆了許多。

李益興致高昂，酒筵一開始，就對著小玉說：「聽說姑娘琴棋書畫，無一不精，李益仰慕已久。可否請姑娘高歌一曲以助興？」小玉歌聲曼妙，曲調高雅，李益聽得如醉如痴。

令人不安的幸福

夜闌人靜，鮑十一娘帶引微醺的李益到西院歇息。庭院深深，簾幔低垂，李益不經意往窗外望去。月光下，一個娉婷的身影在紅紗燈的前引下緩緩走來。朦朧中，他推開房門，銀白色的月光剎時間傾瀉進來。他迎上前去，明明是秋夜，卻兜攬了一室的春色。

夜半時分，小玉臉龐幽幽滑下淚水，說：「我出身微賤，自知配不上你。仗著幾分姿色，得到你的青睞，只恐怕將來一旦年老色衰，再也無法長繫君心。想起來，好不傷心。」

李益聽了之後，摟過小玉，邊為她擦淚，邊柔聲安慰：「我畢生最大的願望，今天已經達到，可以說心滿意足了。將來縱是粉身碎骨，我也不願離開你。若是你還不信，我可以立誓，寫下來做憑證。小玉這才破涕為笑，叫侍婢挑起帳幔，拿過蠟燭、筆墨來。李益從一個精緻的繡花袋中，接過一幅三尺長的名貴素絹，提起筆便洋洋灑灑寫了起來。

開春後，李益考取書判，被委派為鄭縣主簿，四月便得上任。他興沖沖回來告訴小玉，小玉擔憂的說：「你的才情聲名，向來為人所敬服，願意和你聯婚的，一定不在少數。況且你上有雙親，婚姻是大事，恐怕也由不得你做主。我有預感，你這一去，一定會另外成就好姻緣。我們當初的盟誓，不過是空話罷了。雖說如此，我私心還有點願望想請求你。」

李益說：「你有話只管說，別提什麼請求不請求的。」小玉便說：「我今年十八歲，你也不過二十二。到你三十歲壯年，還有八年的時間。請答應讓我們共同廝守這八年的時間，讓它成為我一生最美好歡樂的時光。到時候，你再另選高門，締結良緣，也還不晚。我呢，便捨棄人事，削髮為尼，了卻此生，不敢有恨。」

李益聽了，既感動又慚愧，說：「你千萬別想太多。我與你生死不渝，只恐不能白首偕老，怎會有別的心意呢？你千萬不要瞎疑猜，好好在家等我回來。我差不多八月時可到華州，到時候會儘快派人回來迎接你，我們馬上就可以再見面的。」

背棄誓言與良知

就任後十餘天，李益請假回洛陽省親。到家後，才知道母親已為他和表妹盧氏訂了婚事。李益反對的話還沒出口，就被母親銳利的眼神給逼了回去。他習慣在母親的威嚴下屈服，說不出推辭的話，

便任由母親做主決定了婚期。

盧家是當時的高門望族，嫁女兒一定要百萬的聘禮。李益家裡向來清貧，只得四出奔走借貸。李益背負著精神和物質雙重的壓力，跑遍江、淮一帶，心力交瘁。他深覺辜負盟約，愧對故人，就有意不通音信，想教小玉斷了念頭。還一一拜託京裡的親友，不要走漏了風聲。

從秋到夏，小玉盼了又盼，卻始終沒有盼到李益回來。她連連派人去打聽，得到的卻都是敷衍之辭。到處求神問卜，也沒什麼結果。小玉成天憂思疑慮、鬱鬱寡歡，終於病倒。

李益仍舊音訊全無，小玉卻依然日日盼望著。她在親友間廣為交際，希望能得到李益的消息。小玉尋求心切，花費漸多，錢開始不夠用，於是常叫侍婢偷偷拿首飾到當鋪寄售。最後，連當年父親送給她的禮物紫玉釵，也讓婢女浣紗拿去變賣。

浣紗出去沒多久，氣喘吁吁回來，眉眼間透著不尋常的喜悅說：「我碰到貴人了。」浣紗從身後拿出十二萬錢，興奮的連話都說不清：「我剛剛在路上遇過昔日宮廷的老玉工，他看到我手上的玉釵，就過來辨認，說：『這釵是我作的啊！當年霍王請我為他的小女兒打造這紫玉釵，還賞了我一萬錢，這件事我記憶猶新。你是什麼人？怎麼會有這玉釵？』我把你的遭遇一五一十的告訴他，並說賣玉釵是為了請人幫忙打聽李公子的消息。他聽了，欷歔不已，對我說：『我年紀一大把了，還見到這樣盛衰無常的事，真是無限感傷。』他帶我到延先公主宅內，把這件事轉知公主，公主也十分同情，讓我拿了十二萬錢回來送給小姐！」

李益有個表弟叫崔允明，和小玉很熟。每有李益的消息，便跑來報告。這天，他又到鄭家來，和小玉閒聊著，幾度欲言又止，最後，忍不住氣憤的對小玉說：「表哥已另聘了長安盧家小姐。據說最近已告假到京城準備成親，並悄悄在城裡住下，不讓人知道。」

從那以後，萬念俱灰的小玉到處請託親友，想法子找李益來：「縱使只見一面也好。我要他親口告訴我，好讓我死了這條心。」她天天以淚洗面，不吃不喝，心裡的怨恨痛苦愈來愈深，病勢也就愈發沉重起來。

一天晚上，她突然做了個夢，夢見一位黃衫客抱著李益進來。

到了席前，李益便叫她脫鞋。小玉驚醒，把夢境告訴正在身邊照顧她的母親，並解釋：「『鞋』和『諧』同音，這表示我們夫妻還會再見面；脫的動作，是分離的表徵，既然再見了，又分離，這恐怕是要永訣了。」

第二天早上，小玉起來，請母親為她梳妝。母親以為她病傻了，神智有些不清，還是勉強替她打扮。剛打扮好，就聽到外頭鬧哄哄的，浣紗邊跑邊叫：「小姐！小姐！李公子來了！李公子來了呀！」

愛情與生命的幻滅

果然是李益來了。

他深覺愧對小玉，一直小心翼翼躲著她。今早，他同五、六位朋友到崇敬寺賞花，漫步在西廊下，大家輪流吟誦詩句。他的好友韋夏卿對他說：「春光如此美麗，草木都欣欣向榮。可憐的霍小玉卻含冤憔悴，獨守空閨。你竟然忍心拋棄她，未免太過殘酷！這實非正人君子的行徑。這件事你難道不再考慮考慮了嗎？」

李益原本就心神不寧，又讓韋夏卿這麼一說，不覺更加心煩意亂。一時之間，倒有些惱羞成怒起來：「大家正高興的吟詩解悶，何苦談這傷感情的問題。以後這件事還是少提，免得傷了你我的和氣。」

正說著，有一名丰采俊逸的黃衫客走向他，作揖說：「你不是李十郎嗎？我是山東人，算來和你有點親戚關係。向來仰慕你的聲名，常希望和你見上一面，今天有幸瞻仰你的丰采。舍下離此不遠，有些歌兒舞女可以娛人，姬妾八、九人，駿馬十來匹，只要你喜歡，都可以奉送，希望你能賞光。」

李益正好藉這個機會，躲開剛剛那個不愉快的話題。因此，就策馬和他同行。彎來轉去，竟到了小玉居住的附近。李益一看情勢不對，便藉口有事，想撥馬回去。黃衫客那裡肯依，只說：「寒舍就在面，你既然已經到了這裡，怎麼可以不賞光呢？」一面伸手拉住他的馬，往前走。

不一會兒，已經到了小玉家的大門口。李益慌得舉鞭打馬就要回去。黃衫客叫出僕人，一下子抱住李益，很快把他推進大門，反

鎖上門，大聲報說：「李十郎來了！」李益見事已無可挽回，只好戰戰兢兢的坐著，等候命運的宣判。

只見小玉自東邊閣子盈盈走出來，李益定睛一看，嚇得直跳起來。這哪是兩年多前那傾國傾城的佳人？小玉一步一步的欺近，他驚惶的連連後退，最後跌進另一把椅子。小玉一句話也不說，只是悽厲的看著他，孱弱的身子搖搖晃晃，枯槁的雙頰全是淚水，滿腔的悲憤怨怒，盡在不言中。

一會兒，外面送進幾十盤酒菜來。帳都付了，是黃衫客叫酒樓送來的。小玉側身坐著，半轉過臉，冷眼斜視。李益倒抽了一口冷氣，眼睛不知往哪兒望才好。小玉舉起一杯酒，對著他說：「我是個薄命女子。你這負心男兒，害得我青春年華就含恨而死；慈母在堂，不能奉養；繁華的生活，盡化成灰。這一切都是你造成的。李郎！李郎！我們現在要永別了！我死之後，一定化為厲鬼，使你的妻妾終日不安！」

她伸出左手恨恨的握住李益的手臂，把酒杯摔碎在地上，放聲痛哭了幾聲，就斷了氣。李益摟住她的屍體，為她擦乾掛在頰上的淚痕，內心又悔又恨，不禁也號哭起來。兩年多來的思念、在母親那裡所受的委曲，以及私心最不願承認的對功名利祿的追求……排山倒海似的直湧上心頭。

小玉枯瘠的肢體向他強烈的展示了兩年多來她所過的悲痛生活，同時也寫出了他為名韁利鎖所造成的負心負義。他還能怎麼樣呢？踏下的腳步已在時光的軌道裡印下了一個個清晰的印子，如今後悔，都已經遲了。

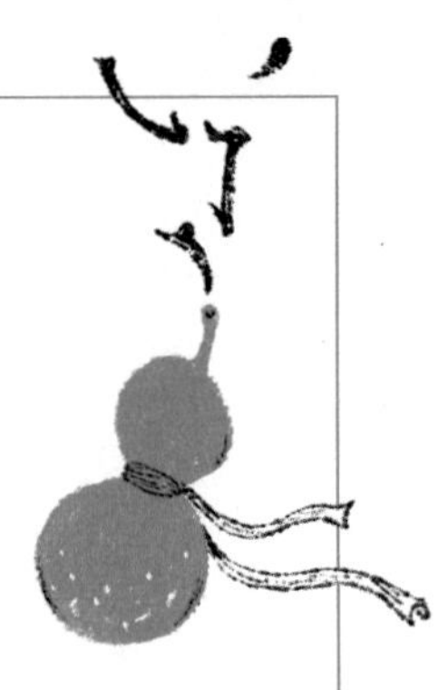

解讀與賞析

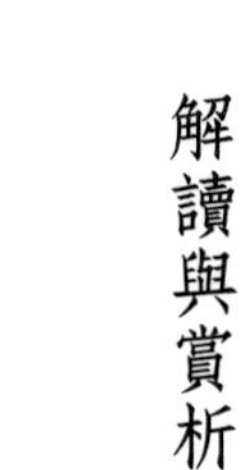

唐代愛情小說代表作

〈霍小玉傳〉敘述委曲，明人稱它是「唐人最精采動人之傳奇」，無論人物造型、情節推展、通篇結構或遣辭用字都堪稱上品。前半描寫人生的順境，故明朗活潑；後半宣告愛情及生命的幻滅，哀傷沉重。

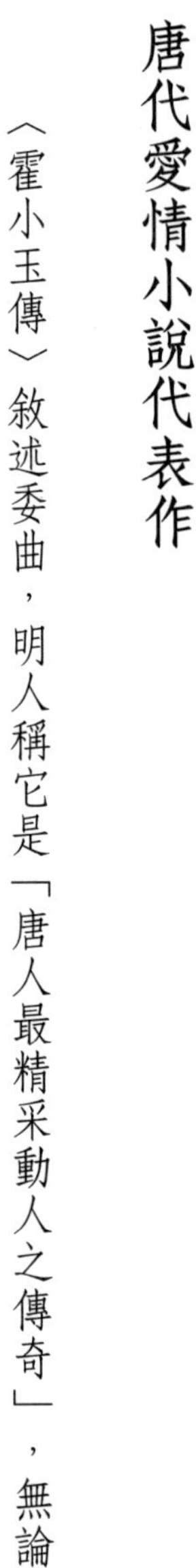

文中，李益和小玉的戀情注定得以悲劇收場，因為唐代的法律嚴禁不同階級的人聯姻。而小玉臨終前那樣強烈的情感宣洩與震撼人心的口吻，幾乎可說已完全違反中國「溫柔敦厚」的文學傳統。這在最講求「大團圓」的中國文學作品裡，是很少見的。因此，湯顯祖在把它改編成戲劇《紫簫記》和《紫釵記》時，便採取一種比較浪漫的情調，而以「大團圓」作結。

〈霍小玉傳〉是一篇非常成熟的悲劇小說，其中除描繪李益為了功名利祿而背棄誓言與良知，也處處彰顯小玉無所不在的憂患意識，即使在最幸福的時刻也仍忐忑不安，對悲劇情感的處理，頗具匠心。

本文堪稱是唐代愛情小說的代表作，小說裡對人物的刻畫，已完全擺脫志怪的殘叢小語，堂堂進入人情小說的細節詳盡，人性的複雜度有深度的呈現，這對宋代話本的影響具體且重大。

第七篇 宋明話本

生眷屬還是死冤家？

包青天審奇案

賣油郎的溫柔

啼笑姻緣——快嘴李翠蓮

油

生眷屬還是死冤家？

春光微微，原野間花朵開遍，好個風光明媚的日子！咸安郡王攜眷乘轎遊春，一行人來到錢塘門裡，只聽橋下經營裱褙鋪的璩公大聲呼喚：「孩子啊！趕緊出來看郡王！」當時郡王在轎裡瞧見，就跟身邊伺候他的虞候說：「我正想尋個刺繡的姑娘，明天就帶這位姑娘入府裡來吧！」

原來郡王一眼相中了那位跑出來張望的姑娘身上繫著的繡裹肚（有花紋裝飾的闊腰巾，又名圍肚看帶），手工精美，想是姑娘親手所繡。虞候打聽之下，果然姑娘是位刺繡能手，便要求璩公將女兒獻出，讓他帶回府中當繡娘，取名秀秀。

一天，皇上賜給郡王一件團花繡戰袍，秀秀竟能依樣繡出幾可亂真的圖樣，郡王心裡非常高興，卻也煩惱著該回給皇上什麼樣體面禮物才好。想來想去，便取出一塊家藏的羊脂美玉，並召集府裡的玉工一起出主意，看看能不能將玉琢磨出個精美的禮物來。有人說：「做一副酒杯吧。」有人建議：「碾個七巧時所供的摩侯羅兒**（唐、宋、元習俗，用土、木、蠟等製成的嬰孩形玩具。多於七夕時用，為送子的吉祥物）**如何？」郡王都不滿意。

璞玉琢磨成觀音

這時，有個後生小輩崔寧突然說：「恩公！這玉上尖下圓，恰好可碾個南海觀音。」郡王一聽，雙眉一展，笑說：「太好了！就碾個南海觀音吧！」於是，就指派崔寧負責琢磨。崔寧只花了兩個月就將玉觀音給完工，郡王呈獻給皇上，皇上龍顏大喜。郡王從此便重用起崔寧，並且許諾等秀秀在府裡服務期滿，要將她許配給崔寧。崔寧年方二十五，還未娶妻，一聽之下，不覺春心盪漾。

一日，正當崔寧與友人在酒館裡飲酒談天，忽然聽到街上鬧哄哄的，連忙推窗一看：哎呀，不得了！郡王府附近起了大火。崔寧急得慌忙奔回府裡，卻只看到熊熊火焰，府裡人員跑的跑、逃的逃，哪還有人留下？

這時，只見左廊下一個女子手裡提著一手帕的金銀珠寶，搖搖擺擺從府堂裡跑出來，和崔寧撞個滿懷。兩人定睛一看，好不驚喜！秀秀朝崔寧說：「我走得慢了，沒能跟上其他人的腳步，如今就指望你帶著我去避難了！」崔寧沒法子，只好帶著她回到就在附近的住處避難。秀秀一到崔寧家，就嚷嚷著肚子餓、想吃包子，又說要能喝上一杯酒就更好了。崔寧只好去市場買了些酒菜、點心回來，和秀秀一起吃喝起來。

相偕逃命，躲避追捕

秀秀喝了幾杯酒，雙頰酡紅，想起郡王曾承諾將她許配給崔寧，崔寧卻總是沒有行動，好像完全忘了這件事。現在既然無預警的避到崔寧家，便提議：「不如我們直接今夜就做了夫妻吧？你說好不

文學小辭典：話本

話本是宋代說書人在瓦舍（中國宋元時期興盛一時的民間藝術演出場所「勾欄瓦舍」）說故事時所使用的底本，它的結構跟傳統的短篇文言小說如漢魏志怪或唐代傳奇很不相同。通常分為入話、正文跟散場詩三部分。

入話是引入正文之前的閒話，有的用詩詞，有

的用小故事，目的是安撫聽眾的情緒，排除雜念，使聽者比較容易進入小說的情境。正話以白話文敘述為主，中間穿插詩詞。散場詩不是詩就是詞，是說話人按照劇情下的斷語。

好？」

崔寧一聽，嚇得酒都醒了，說：「這怎麼成！男婚女嫁，不等明媒正娶，這不合乎禮數啊！萬一事情鬧開，府中郡主絕不會善罷甘休的。」「哼！我就知道你沒膽！你若不答應，我就嚷嚷說你非禮，看你怎麼解釋把我帶到家裡來的事！」秀秀態度強硬，乾脆威脅起崔寧。崔寧沒了主意，只好說：「要做夫妻也可以，但如此一來，這地方就不能待了，我們得相偕逃命，躲避郡王追捕。」

當晚四更天，兩人便帶著隨身的金銀財寶連夜出城，顧不得飢餐渴飲，日夜趕路，從關西延州取道信州。原本打算在信州安身，卻擔心該地常有熟人往來，郡王循線來抓人。於是輾轉流徙到兩千多里外的潭州，開了間碾玉鋪子維生，崔寧還不時打聽郡王府的動靜。聽說郡王府因火災亂了幾日，重新清點家中人數，發現少了個繡娘秀秀，曾出錢懸賞，找了幾天，都不見下落，也就算了，並沒有人知道秀秀是被玉工崔寧給帶走，他這才放下心來。

時光飛逝，一幌眼，崔寧與秀秀兩人在潭州已生活了一年多。

這天，崔寧應命到湘潭附近承攬了碾玉的活兒。回家途中，和一位

漢子錯身而過。那位名叫郭立的排軍覺得崔寧眼熟，便從後方尾隨崔寧回家；見到櫃台裡站的正是秀秀，更確定是崔寧沒錯。

郭立是郡王府裡的排軍，從小服侍郡王，深得信任，特別差遣他到潭州辦事，沒料到竟無意中遇到崔寧。崔寧一看事跡敗露，立刻擺了酒席宴請郭立，請求他千萬別向郡王提起他和秀秀私奔潭州的事。郭立滿口答應，還收了崔寧的酬謝禮物，兩人才放了心。

想不到郭立存心不良，回去後，竟迫不及待向郡王告密：「在下行經潭州，見著了從我們府裡逃出的秀秀與崔寧！他們在潭州開起了碾玉鋪，過著神仙般的生活。看到我，還招待我吃了豐富的酒食，交代我不要跟您提起哪！」郭立邀功的說。

郡王聽說之後，萬分生氣！立刻差人去臨安府報官，說家中小婢與人私奔，申請公文捉拿兩人。秀秀被送回郡王府裡，崔寧則被押到臨安府接受審問。崔寧被壯漢押到庭上，嚇得魂不附體，便老實招供，把一切都推給秀秀，說是受秀秀引誘、威逼，不得已才跟她一起逃跑。臨安府官員將崔寧的證詞呈上，郡王說：「既然是被脅迫，那就從輕發落吧！」崔寧受了幾杖棍罰，被發配到建康府居

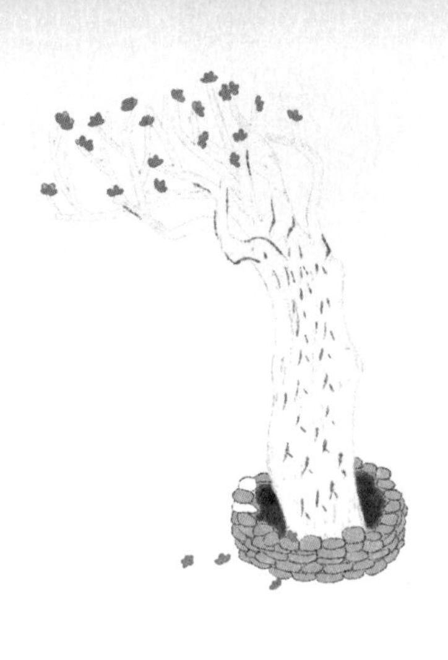

住。

崔寧被押送前往建康，才出北關門，忽然看到兩人抬著一頂轎子，從背後追上來。其中有人大喊：「崔寧，等等我……」他聽出是秀秀的聲音，但實在不想再次惹禍上身，就裝作沒聽見，低頭繼續走。誰知轎子愈追愈近，停下後，秀秀從轎中走出，說：「我被抓回府中，在後花園挨了三十記棍棒後，就被趕了出來！我打聽到你被發配到建康去，趕緊跑來與你相會。」

夫妻重聚，過新生活

於是，兩人租了船直達建康府。幸好押送的小吏不是個饒舌的人，途中崔寧還一路買酒買食，百般奉承他，所以小吏回郡王府後隱惡揚善，沒有多嘴告狀。崔寧和秀秀就在建康住了下來，依舊靠碾玉維生。

一日，秀秀想念父母，希望能接了前來同住，以便相互照料。崔寧一口答應，立刻派人前去接人。沒料到照著地址前往，卻只見

兩扇門關著，跟鄰居打聽，鄰居說：「這兩夫婦有個漂亮的女兒，沒想到運氣不好，跟著個玉工私奔，前些日子被抓回來，吃上官司，女兒還被捉進府裡。兩老見女兒被抓走，尋死尋活的，至今下落不明。」來人只好無功而返。誰知去迎接的人尚未回到建康，岳父母璩公、璩婆卻早一步找上門來，一家人遂歡歡喜喜同住了下來。

崔寧先前碾的那只玉觀音，不知何時不小心失手，掉了一個玉鈴兒。一位朝廷官員參觀時，頗感遺憾，特別上奏皇上，宣取碾玉的崔寧重新整理。崔寧的功夫好，三兩下就碾一個鈴兒接住了，從此聲名大噪。崔寧因此理直氣壯在清湖河下開了間碾玉鋪，再也不怕別人撞見。

是人還是鬼？

事有湊巧，鋪子才開了兩、三日，店裡就走進一個大漢。崔寧一看，竟又是郭立。郭立跟崔寧打了招呼後，抬頭看見秀秀就站在櫃子後，不禁大吃一驚，轉身就跑。他飛快奔回府中向郡主通報此

事：「恩王、恩王，今日在下見鬼啦！在下於崔大夫家看見了秀秀！」郭立邊說邊不停打著寒顫。

「胡說八道！秀秀早被我打死，埋在後花園，你不也親眼看到的？別跟我亂開玩笑。」郡王大聲怒斥。「千真萬確是秀秀沒錯！在下絕不敢信口胡言！不信，你下個軍令狀去抓人。」郭立深怕郡主不信任他，不斷又發誓又賭咒的。郡王於是下令：「若是真的，快命一台轎子去把人抓回來砍了！若非屬實，你就得替她受死！」

郭立領了軍令狀，信心十足火速趕往崔寧家捉人。崔寧丈二金剛摸不著頭腦，卻見秀秀神色自若的說：「既然如此，你們稍等，我進去梳洗梳洗。」梳洗過後，換了衣服，就不慌不忙上了轎子。轎夫抬著轎子回到郡王府，一掀開布幔，定睛一看，轎中哪裡有人！

郭立呆若木雞，不知該如何是好，只好跪地求饒：「郡王，我確確實實看那繡娘進了轎子的啊！那兩個轎夫也都親眼看到的！一時不見了人，我完全不知道是怎麼一回事！」兩個轎夫也跟著說：「是真的，而且轎子一路上都沒停下來過哪！」郡王覺得事有蹊蹺，找了崔寧來問話，崔寧從頭到尾老老實實報告，也不知是怎麼回事。

郡王愈想愈焦躁，杖責了郭立五十大板，放走了崔寧。

崔寧聽說秀秀是鬼，心中不免疑惑，一回到家中，便跟岳父、岳母請教。兩位老人家面面相覷，走出門去，「噗通！」「噗通！」兩聲，都跳進了清湖河裡。崔寧連忙命人救援打撈，卻連屍首都找不到。原來，當年秀秀在郡王府中被打死時，兩老也跟著跳河死了，這兩人也是鬼。

經過這一番折騰，崔寧情緒壞透了。走進房中，見秀秀坐在床上，一臉幽怨的看著他，崔寧嚇得大喊：「饒命啊！」秀秀衝過去掐住崔寧的脖子，罵道：「都是因為你！讓我被郡王打死在後花園，那位多嘴的郭排軍已經被郡王打了五十個大棍，我也算報了仇了；而你居然想把責任全推到我身上，一走了之！如今也饒不過你，你就跟著我一起走吧！」陰風慘慘的，崔寧便被秀秀的鬼魂帶往地府，繼續做了鬼夫妻。

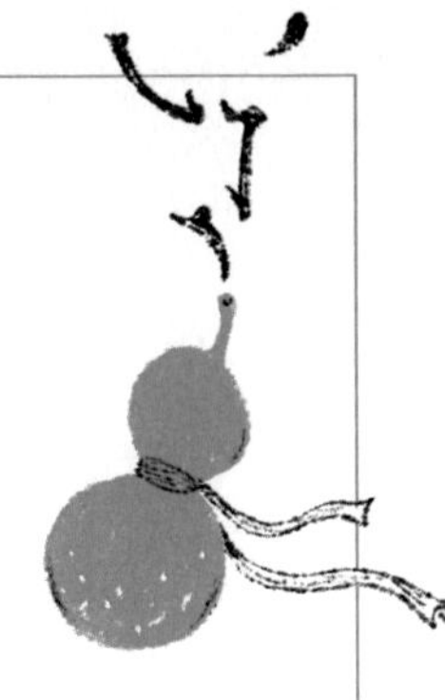

解讀與賞析

取材生活化的話本

〈碾玉觀音〉選自《京本通俗小說》，原文前面羅列了幾十首有關春天的詩詞，散場詩則是：「咸安王耐不下烈火性，郭排軍禁不住閑嗑牙；璩秀娘捨不得生眷屬，崔待詔撇不脫鬼冤家。」歸納了整篇小說的內容。這裡改寫的文章只截取小說中間的正話部分。

這篇故事曾被林語堂先生改寫成英文，且在國外出版。但林語堂改寫時，可能為因應西方文化，把神怪部分全部刪去，而把故事著重在藝術追求與愛情生活的衝突；因男主角追求純粹的藝術導致只能犧牲愛情，著重人間困境的不容易突破，和宋代話本的原始精神，顯然有很大的不同。

宋代平話是說書人在表演場所說書時的底本，說書的內容則約略可分成小說、說經、講史、合生四類。小說取材鄉里故事；說經是演說佛書；講史講說前代史書；合生則是舌辯的隨興講說，通常帶點兒趣味與諷刺。

話本的取材非常生活化，常常來自鄉里間的新聞。即使講歷史上的真正英雄，也單只樂道他們發跡之前在村子中的魯莽行為，並不鋪寫他叱吒風雲時的舉動。而且通常都會把故事發生的地點確切標示出來，以增加可信度。

有趣的是，幾個不同話本裡，年輕的男子都叫做「崔寧」，就好像歷代戲劇裡的丫鬟都取名「梅香」一樣，可能為了讓聽眾容易辨識身分。

啼笑姻緣——快嘴李翠蓮

（一）

自夢裡驚醒，出了一身冷汗，李老先生重重的吁了一口氣。由窗口望出去，外頭仍是黑漆漆的，也不知多早晚了？為了女兒出嫁，他一連做了幾天的噩夢，總是天還沒亮就醒過來，再也無法入睡。他輕手輕腳摸索著下床，不想還是吵醒了老伴兒。

「幾點啦？」以為自己睡過頭的老太太心裡一驚，豁地翻起身。

「不急，天還沒亮哪！」老先生索性又躺了回去。一邊忍不住長歎了一聲。

「幹嘛呀！長吁短歎的，大喜的日子！」

「唉！我實在有些擔心哪，翠蓮她……」

提起女兒，老倆口頓時都噤了聲，怔怔的發起呆來。

讓人心煩的伶牙俐齒

翠蓮從小長得清秀可愛，尤其是一張嘴，更是又甜又伶俐，常常哄得大人團團轉。念了幾天書後，愈發開口成篇，出言如流水。大人總喜歡圍著她、逗著她玩，日子久了，便訓練出問一答十、問十道百的本事。小時候，伶牙俐齒只是惹人憐愛，但不知什麼時候開始，這樣的能言快語，卻變得叫人心煩不已。

昨晚，老倆口正打點著女兒的嫁妝，一邊為著對方家大業大、公婆都是厲害角色而擔心。正說話間，翠蓮從外頭回來，看見他們愁容滿面，劈頭就說了一大段：「爹是天，娘是地，今朝與兒成婚配。男成雙，女成對，大家歡喜要吉利。人人說道好女婿：有財有寶又豪貴，又聰明、又伶俐，雙陸象棋通六藝；吟得詩、作得對，經商買賣諸般會。這門女婿要如何，愁得苦水兒滴滴地？」

精選原典

本處有個李吉員外，所生一女，小字翠蓮，年方二八。姿容出眾，女紅針指，書史百家，無所不通。只是口嘴快些，凡向人前，說成篇，道成溜，問一答十，問十道百。有詩為證：

問一答十古來難，
問十答百豈非凡。
能言快語真奇異，
莫作尋常當等閒。

老伴兒聽了，不禁有氣，皺著眉頭說：「就因為你口快如刀，怕你到了婆家多言多語，失了禮節，惹得公婆不高興，被人恥笑，在此悶悶不樂。你倒說了這一大篇，分明是要氣死我嘛！」

翠蓮一聽，急急分辯說：「爺開懷，娘莫慮，女兒不是誇伶俐，從小生得有志氣，紡紗績苧、做粗整細，到晚來，能仔細，大門關了小門閉；刷淨鍋兒掩廚櫃，前後收拾自用意。鋪床伸被請婆睡，叫聲安置進房裡，如此服侍二公婆，他家有甚不歡喜？爹娘且請放寬心，捨此之外直個屁！」

老伴兒大怒，起身便要去打，好不容易才給勸住。她回過頭向翠蓮使了個眼色，說：「你爹就是為你這口快的毛病操心，以後就少說些吧！俗話說『多言眾所忌』，到了別人家去，不比在自家裡，千萬記得，言語要特別小心謹慎！」

翠蓮嘟著嘴，淚盈於睫的垂首肅立。她看女兒一肚子委曲似的，倒心生不忍，打圓場的說：「好了！好了！早點兒收拾了去睡，明天是好日子，還得早起哩！」

翠蓮收拾了淚，走進房裡，走了一半，突然又住了腳，迸出了一段：「爹先睡，娘先睡，爹娘不比我班輩。後生家熬夜有精神，老人家熬了打瞌睡。」

老倆口面面相覷，差點兒氣壞。許久，老伴兒才苦著臉、搖頭說：「罷了！罷了！說來說去，壞習慣還是改不了。我們先去睡了，你也早些歇息吧！」

出閣的不捨與傷感

次日凌晨，一夜未眠的老太太踱到門邊，朝裡屋輕聲叫著：「翠蓮啊！該起來了吧！看看外頭怎麼樣？可別下雨才好。」只聽得細細碎碎的走動聲，一會兒。翠蓮大聲回話來：「爹慢起，娘慢起。不知天晴或下雨？更不聞、雞不啼，街坊寂靜無人語。且待奴家先早起，燒火劈柴打下水，且把鍋兒刷洗起，燒些臉湯洗一洗。梳個頭兒光光地。大家也是早些起，娶親的若來慌了腿。」

老先生氣得跳下床，頓足罵道：「也沒見過像你這樣的女孩兒家，天都快亮了，不趕快梳妝，儘在那兒調嘴弄舌！」

文學小辭典：《清平山堂話本》

〈快嘴李翠蓮記〉是中國較早的一篇白話小說，作者已不可考，收錄在中國現存最早的話本叢刻《清平山堂話本》（原名《六十家小說》），是明朝嘉靖年間刊刻。

書裡所蒐輯的話本跨越宋、元、明三代，體制比較駁雜，混有文言傳奇體（如《藍橋記》）和說唱體（如《快嘴李翠蓮記》）。在刊刻過程中，改動潤色不多，語言通俗接近口語，顯然是說話藝人的形式，而不是案頭之作。

另外，《清平山堂話本》所表現的文字技巧和總體風格比較樸拙，恰好說明這些作品是早期說話藝人記下的話本。

翠蓮倒沉得住氣，猶自慢條斯理的說：「爹休罵！娘休罵！看我房中巧妝畫。鋪兩鬢，黑似鴉，調和脂粉把臉搽。點朱唇，將眉畫，一對金環墜耳下。今日你們將我嫁，想起爹娘撇不下；細思哺乳養育恩，淚珠兒滴溼香羅帕。」

這些個日子來，老倆口忙進忙出的，甚至沒有時間為女兒的出閣傷感。翠蓮這一番話，惹得老太太悲從中來，落淚不止。老先生也不好再責備女兒的快嘴，只是一逕兒黯然的踱來踱去。

妝扮完畢，翠蓮走到父母跟前，猶自絮絮不休：「爹拜稟，娘拜稟，收拾停當慢慢等，看看打得五更緊。我家雞兒叫得準，送親從頭再去請。姨娘不來不打緊，舅母不來不打緊，誰知姑母沒道理，說的話兒全不準。昨天許我五更來，今朝雞鳴不見影。等下進門沒得說，賞他個漏風的巴掌當邀請。」

老先生和老太太氣得七竅生煙，話都說不出來，眼看天色已經不早，老太太只好捺下脾氣，對翠蓮說：「你去叫哥哥嫂嫂起來，再幫忙檢點一下，看來娶親的就快到了。」

翠蓮到哥、嫂門前，朗聲說道：「哥哥嫂嫂你不小，我今在家

時候少；算來也用起個早，如何睡到天大曉？前後門窗須開了，點些蠟燭香花草。裡外底下掃一掃，娶親轎子將來了。誤了時辰公婆惱，你倆口兒討分曉。」哥哥嫂嫂平日在家受慣了，也不頂她，只是忍氣吞聲的將各項物品準備妥當。

老先生看時候不早了，點上一炷香，叫道：「……金珠無數，米麥成倉。蠶桑茂盛，牛馬挨肩。丈夫懼怕，公婆愛憐，妯娌和氣，伯叔忻然，奴僕敬重，小姑有緣。」頓了一頓，翠蓮突然接了一句石破天驚的話：「不上三年之內，死得了一家乾淨，家財都是我掌管，那時翠蓮快活幾年。」

老先生只覺一陣血氣往腦門兒上湧，差點沒暈死過去。正作勢要打，只聽得門前鼓樂喧天，笙歌悠揚。娶親的車馬，已來到庭前。

（二）

贊禮司儀高聲唸著祝賀的語言，照理，接著是女方賞賜喜錢。李老太太拿出了錢，正要賞賜，不想被翠蓮一把搶了過去，說道：

「等我分！爹不慣，娘不慣！哥哥嫂嫂也不慣，眾人都來面前站，合多合少等我散。收好抬轎的合五貫，先生媒人兩貫半。收好些，休嚷亂，掉下時休埋怨！這裡多得一貫文，與你這媒人婆買個燒餅，到家哄你呆老漢！」

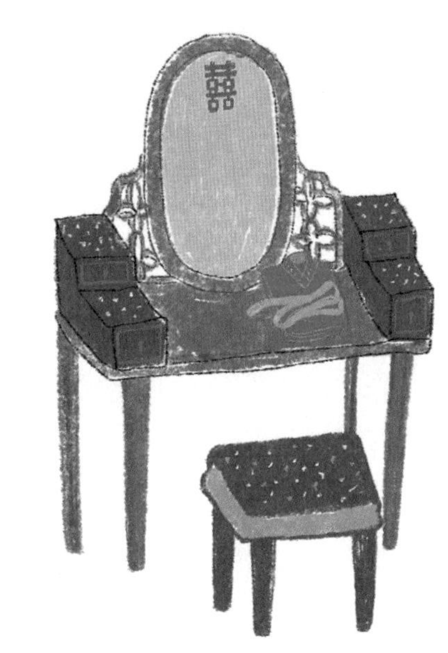

初來乍到的紛爭

媒婆是李家的鄰居，司空見慣，見怪不怪；只見贊禮先生和轎夫都驚訝得直挺挺的呆立，差點兒忘了去接賞錢。

上了轎，媒婆唯恐翠蓮口快，多生是非，再三囑咐：「我的姑奶奶，到了公婆家門，你可千萬別再開口了。」不多久，到了夫家前門，歇下轎子，贊禮先生又高唸：「鼓樂喧天響汴州，今朝織女配牽牛。本宅親人來接寶，添妝含飯古來留。」

唸完了詩，媒婆便拿了一碗飯，來到轎前，叫著：「小娘子，

開口接飯。」這本是古來嫁娶的一種習俗，誰知道翠蓮聽了，在轎中怒氣沖沖說：「老潑狗！老潑狗！教我閉口又開口，正是媒人之口無量斗，怎當你沒的番做有。方才跟著轎子走，分付教我休開口，甫能住轎到門首，如今又教我開口？莫怪我今罵得醜，真是白面老母狗。」贊禮先生開口勸道：「新娘子就別生氣了，留個分寸，不要讓她為難，從來也沒有新娘子這樣當面給媒人難堪的！」

不勸還好，這一勸又引來了翠蓮的一肚子牢騷：「先生你是讀書人，如何這等不聰明？當言不言謂之訥，信這虔婆弄死人？說我夫家多富貴，有財有寶有金銀，當門與我冷飯吃，這等富貴不如貧，若不看我公婆面，打得你眼裡鬼火生！」

媒婆氣得一溜煙進到屋裡，什麼也不管。最後還是張家的親眷攙的攙，牽的牽，才將翠蓮擁到堂前，面向西邊站著。贊禮先生又說：「請新人轉身向東，今天的福祿喜神在東。」

翠蓮一聽，不耐煩起來，又發作了：「才向西來又向東，休將新婦來牽籠。轉來轉去無定相，惱得心頭火氣沖。不知哪個是媽媽？不知哪個是公公？諸親九眷鬧叢叢，姑娘小叔亂哄哄。紅紙牌兒在

當中，點著幾對滿堂紅。我家公婆又未死，如何點盞隨身燈？」張老先生和夫人見她口無遮攔，一上堂便是這樣不吉利的話，不禁大怒，眾親眷更是面面相覷，個個吃驚。

贊禮先生眼看事情弄僵，婚禮難以進行下去，便陪上笑臉，悄聲出來打圓場：「女孩兒家在家裡慣了，初次離家，難免有些不習慣，脾氣躁些，請各位多包涵，以後再慢慢開導開導。」說完，又打了幾聲哈哈，緩和了氣氛，總算讓新人和全家大小見過面。

送入洞房後，接著是坐床撒帳。贊禮先生捧起五穀。邊唸邊撒：「撒帳東，帘幕深圍燭影紅，佳氣鬱蔥長不散，畫堂日日是春風。撒帳西，錦帶流蘇四角垂，揭開便見姮娥面，輸卻仙郎捉帶枝。撒帳南……撒帳後……從來夫唱婦相隨，莫作河東獅子吼！」

翠蓮見贊禮先生將五穀撒得牀上、帳上，滿地都是，又嘰哩呱啦的唸了一大串，已經很不耐煩了，又聽他說「莫作河東獅子吼」，再也忍不住，跳起身來，順手拎起一支擀麵杖，照頭便打，一邊打，一邊吼：「去你的！你家老婆才是河東獅子！」將贊禮先生一頓狠打，直趕出房門外去。意猶未盡，還站到洞房門口罵道：「撒甚帳？

撒甚帳？東邊撒了西邊様。豆兒米麥滿床上，仔細思量像甚様，公婆性兒若莽撞，只道新婦不打當（不像様）！丈夫若是假乖張，又道娘子垃圾相。你可急急走出門，饒你幾下擀麵杖！」

新人之間的鬥嘴

先生平白被打一頓，含冤莫辯，又不好在這節骨眼上聲張開來，只好自認倒楣走了。新郎冷眼看著新娘由前廳直鬧到洞房，實在忍不住了，便發了一下威，喝斥她：「撒帳的事，是古來的習俗，你胡鬧些什麼？千不幸，萬不幸，娶了你這村姑兒！」

翠蓮見丈夫發了脾氣，毫不含糊，馬上用話頂了回去：「丈夫丈夫你休氣，聽奴說得是不是？多想那人沒好氣，故將豆麥撒滿地。你不叫人掃出去，反說奴家不賢慧，若還惹惱了我心兒，連你一頓趕出去。」

張狼給翠連這麼一搶白，一下子回不過嘴來，無可奈何，只好憋著一肚子氣，到外頭勸酒去。送走了客人，張狼扶醉而歸。脫

下衣服，與匆匆正要上床，冷不防聽翠蓮在床上一喝：「你這傢伙可真差，真的像個野莊家。你是男兒我是女，爾自爾來咱自咱。黃昏半夜三更鼓，來我床前做什麼？及早出去連忙走，休要惱了我奴家。若是惱咱性兒起，揪住耳朵拉頭髮，扯破了衣裳抓碎了臉，漏風的巴掌順臉刮，這裡不是煙花巷，又不是娼姊兒家，不管三七二十一，我一頓拳頭打得你滿地爬！」

一頓凶巴巴的歪道理，把張狼的酒全嚇醒了。他本來就膽小又沒有主見，登時愣住了，一步也不敢往前走。想回頭走出洞房，又沒這個道理，左思右想，一籌莫展，只能長歎一聲，遠遠的坐到角落去。

夜色已闌，張狼經過這一天的折騰，很快就打起盹來。月光躍過窗櫺，正照在他斜倚在椅背上的臉孔，青白白的，彷彿歷盡了人世的風霜。翠蓮偷眼望去，只覺不忍，自忖：「我既是嫁過門，生是他家人，死是他家魂。如果不和他同睡，給公婆知道，以後的日子恐怕不好過。」便粗聲粗氣的喊了過去：「笨傢伙，別裝醉，過來與你一床睡。上床來，悄悄地，同效鴛鴦偕連理。休作聲，慎言

語，雨散雲消腳後睡，束著腳，蹺著腿，闔著眼兒閉著嘴。」

張狼娶了這麼個難纏夫人，原本萬念俱灰，只得與周公嗑閒牙去。乍聞翠蓮叫他，仍不免心驚膽寒，等到聽清楚了，不覺喜出望外，頓時生龍活虎起來。

（三）

夫妻二人因前一天睡得晚，第二天早上，直到大夥兒都漱洗完畢了，還高臥不起。婆婆在洞房外，來回轉了好幾圈，眉頭虬結在一起，非常不高興。最後，實在不耐煩了，便在門外喊：「張狼呀！也該叫你媳婦兒起來囉！趕快梳洗，好到前廳來招呼招呼。」

張狼還來不及作聲，翠蓮已搶先了一步：「不要慌，不要忙，等我換了舊衣裳。菜自菜，薑自薑，各樣果子各樣妝。肉自肉，羊自羊，莫把鮮魚攪白腸。酒自酒，湯自湯，醃雞不要混臘獐。現在天色且是涼，便放五日也不妨，待我留些整齊的，三朝點茶請姨娘。假如親戚吃不了，留給公婆慢慢嚐。」

做婆婆的聽了啼笑皆非，想當場教訓她幾句，又顧忌著新婚期間，讓外人知道了，鬧笑話，只好忍著。

又急又氣又羞愧的親家母

一直到第三天，李老太太來送三朝禮，兩位親家一見面，婆婆便把李老太太拉到一邊兒，一五一十的將翠蓮打先生、罵媒人、欺丈夫、譭公婆的劣跡從頭到尾說了一遍。

李老太太滿面羞慚，恨不得有個地洞鑽進去，只好苦口婆心幾近乞求的對翠蓮說：「在家的時候，我是怎麼吩咐你的？叫你千萬不要逞口舌之利。現在可好了，才三朝，便惹下這許多是非，以後怎麼得了？你不為自己想，也該為爹媽想想，再這樣下去，叫我們怎麼做人！」

翠蓮聽了，還振振有辭的答辯：「母親你且休吵鬧，聽我一一細稟告。不是女兒不受教，有些話你不知道。三日媳婦要上灶，說起之時被人笑。兩碗稀粥把鹽醮，吃飯無茶將水泡。不問青紅與皂

白，衝著媳婦廝胡鬧。婆婆性兒太急躁，說的話兒不大妙。我的心性也不弱，不要著了我圈套，尋條繩兒只一吊，這條性命問她要。」

李老太太聽她胡言亂語，又急又氣。要罵也不行，要打也不行。氣得茶也不喫、酒也不嚐，怒氣沖沖，別了親家，逕自上轎回去。

槓上一家大小

張狼的哥哥張虎聽說連親家母都氣跑了，再也忍不住，跳著腳發脾氣：「這成什麼體統！當初只道娶了個良善女子，誰知道是這樣快嘴快舌的潑辣貨，成天四言八句的，調嘴弄舌，實在太不像話了。」

翠蓮心高氣傲，怎受得了這氣，由屋裡衝出來，說：「大伯說話不知禮，我又不曾惹著你。頂天立地男子漢，罵人太過不客氣。」張虎火了，也不搭理她，偏過頭，逕對站在太太後頭一臉茫然的張狼說：「俗話說：『教婦初來』，你娶了這樣的媳婦，現在不好好調教，將來恐怕都騎到大夥兒頭上來了。要不然，乾脆告訴那老乞

婆，你的丈母娘，叫她領回去算了！」

張狼被這迅雷不及掩耳的爭吵攪得眼花撩亂，還沒搞清楚這是怎麼回事。翠蓮又搶了機先，不甘示弱的回了過去：「大伯三個鼻子管，不曾捻著你的碗。媳婦雖是話兒多，自有丈夫與婆婆。親家不曾惹著你，如何罵她老乞婆？等我滿月回門去，到家告訴我哥哥，巴掌拳頭一齊上，看你旱地烏龜哪裡躲！」

張虎怒不可遏，可又不能隨便奈何人家的新娘子。滿肚子怨氣無處發，扯住張狼就要打。他的妻子慌忙從房裡跑出來，將他拉開：「幹嘛呀！人家的妻小人家自己會管，那用得著你來囉嗦。『好鞋不踏臭糞』，我看你就省省吧！」

這一來，更激起翠蓮的不滿：「阿姆休得要更惹禍，這樣為人做不過，僅自阿伯和我嚷，你又走來多囉嗦。自古妻賢夫禍少，做出事來大又多。快快夾了裡面去，沒風所在坐一坐。」

張虎的太太沒頭沒腦的被罵了一通，沒趣的走開。張狼的妹子覺得太過分了，便跑到母親的房裡說：「媽！二嫂也鬧得太不像話了！你這個做婆婆的，怎麼就由著她撒潑放刁！」

翠蓮一張嘴就像機關槍，煞也煞不住，一轉眼又把槍口對準小姑：「小姑你好不賢良，如何跑去唆調娘，若是婆婆打發我，活捉你去見閻王！我爹平素性兒強，不和你們善商量，和尚道士一百個，七日七夜做道場。沙板棺材福杉底，公婆與我燒紙錢，小姑阿姆穿孝服，阿伯替我做孝子，諸親九眷抬靈車，出了殯兒從新起。大小啢門齊告狀，拿著銀子無處使，任你家財萬萬貫，弄得你錢也無來人也死。」

婆婆被她鬧得頭昏腦脹，再也無法保持沉默：「幸虧你才過門兩三天，要是兩三年，還得了！我看一家大小都別想開口了！」

翠蓮哪嚥得下這口氣，立即還以顏色：「婆婆不要沒定性，做大不尊小不敬。言三言四把我傷，說的話兒不中聽，我若有些長和短，不怕婆婆不償命。」

婆婆氣她不過，又拿她沒轍，咬牙切齒的對坐在一旁興味十足看熱鬧的老伴兒說：「你看你娶來的好媳婦，口快如刀，一家大小，沒放過一個。你這做公公的，總該拿出威嚴來，說她幾句！」

張老先生一看大火波及到頭上來，眼看不能倖免，私心裡對自己的威信也實在沒把握，便息事寧人的安撫：「我是她公公，怎麼好說她！就讓她燒壺茶來吃吃吧！」

翠蓮聞言，一聲不吭的逕往廚房燒茶去了。張老先生看媳婦對自己的吩咐並無二話，喜出望外，剎時間，重新對自己的權威樹立起十足的信心。洋洋得意的對著一家大小說：「你們都說她口快，現在我叫她，她怎麼不敢說什麼？所以說呀……」

惱羞成怒的公公

話還沒說完，只見翠蓮打點了各樣果子，泡了一盤茶，托到堂前，先敬了公公、婆婆，口中又嘮叨了起來：「公吃茶，婆吃茶，兩顆初煨黃蓮子，半把新炒白芝麻，江南橄欖連皮核，塞北胡桃乾仙楂，二位大人慢慢吃，休得壞了你們牙！」

滿堂的人都要笑而不敢笑，張老先生當場被擺了一道，漲紅了臉，惱羞成怒的說：「女人家要溫和穩重、說話安詳，才是做媳婦之道，從來也沒見過像你這般長舌的婦人。」

精選原典

少刻，一家兒俱到堂前，分大小坐下，只見翠蓮捧著一盤茶，口中道：「公吃茶，婆吃茶，伯伯、姆姆來吃茶。姑娘、小叔若要吃，灶上兩碗自去拿。兩個拿著慢慢走，泡了手時哭喳喳。此茶喚作阿婆茶，名實雖村趣味佳。兩個初煨黃栗子，半抄新炒白芝麻。江南橄欖連皮核，塞北胡桃去殼柤。二位大人慢慢吃，休得壞了你們牙齒。」

翠蓮並不顧忌，長篇大論滾滾而下：「公是大、婆是大，伯伯、姆姆且坐下。兩個老的休得罵，且聽媳婦來稟話：媳婦生來性剛直，話兒說了心無掛。公婆不必苦憎嫌，十分不然休了罷！也不愁，也不怕，搭個轎子回去罷！記得幾個古賢人：張良蕭何巧說話，張儀蘇秦說六國，晏嬰管仲說五霸。這些古人能說話，齊家治國平天下，公公要奴不說話，將我口兒縫住罷。」

張老先生氣血賁張，不等她說完，便厲聲喝止：「罷！罷！像妳這樣的媳婦，日久必敗壞門風！」偏過臉，指著愣在一邊的張狼說：「把她休了吧！我再另外幫你娶個好的。」

張狼在這場混亂中，眼看翠蓮左右折衝、便給無礙，對這樣一位擁有自己性格上最缺乏的爽利作風的女性，竟忍不住偷偷投以幾分的敬畏。尤其是她唇槍舌戰時，臉上所流露出的凌厲豔光，更是讓張狼留戀不捨。他不能違背父親的意思，心裡又萬分不情願，只好支支吾吾的，不表示意見。

張虎和他妻子看到老爺子比他們更生氣，覺得此仇已報，便緩過口來，勸道：「爹，我看也不必這樣，再慢慢開導開導吧！」

翠蓮這烈性女子倒不依，滿不在乎的說：「公休怨，婆休怨，伯伯姆姆都休怨。丈夫不必苦留戀，大家各自尋方便。快將紙墨和筆硯，寫了休書隨我便。不曾毆公婆，不曾罵親眷，不曾欺丈夫，不曾打良善，親操井臼與庖廚，紡織桑蔴拈針線。今朝隨你寫休書，搬去妝奩莫要怨。手印縫中七個字：永不相逢不見面。恩愛絕、情意斷，鬼門關上若相逢，別轉了臉兒不廝見。」

張老先生氣得手腳發抖，厲聲叫兒子立刻寫休書。張狼只好含淚寫下了休書，和翠蓮當場蓋了手印，結束了這場啼笑姻緣。

（四）

夜幕低垂時，翠蓮面無表情的坐上了回頭轎，頭也不回的走了。誰也猜不透她此刻的心情是沉痛哀傷，痛快淋漓，還是寂寞無依？

翠蓮這一段啼笑姻緣，正是三天前她爹的一場噩夢。

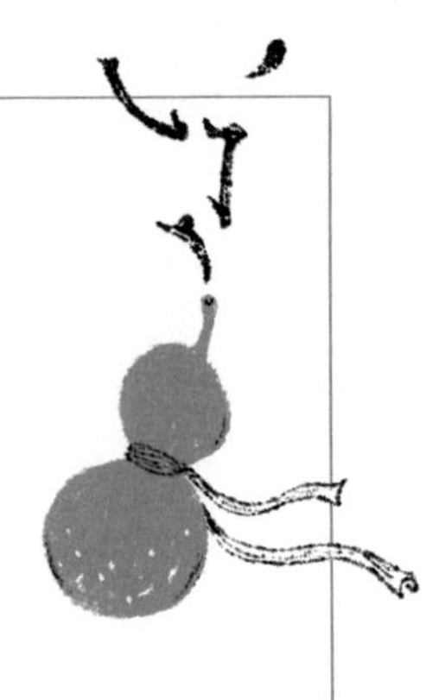

解讀與賞析

女性爭取獨立人格的經典

〈快嘴李翠蓮〉是中國較早的一篇白話小說，作者已不可考，可能是宋元時代的人，收錄在《清平山堂話本》。快嘴李翠蓮曾是民間廣為流傳並深為大眾喜愛的人物，以伶牙利齒、出口成「罵」著稱，她的語言藝術堪稱一絕。罵人全用唱詞，和後來的彈詞類似，應該都是受到唐代變文的影響。

〈快嘴李翠蓮〉一向被視為民間女性爭取獨立人格、反抗封建社會壓迫的經典範本。個性鮮明的李翠蓮以嘴快不饒人聞名，個性叛逆，不屈從流俗。故事的內容主要是寫她向代表封建統治秩序和尊嚴的父母、兄嫂、媒人、丈夫、公婆等公然表達自己的意見與不滿。但李翠蓮爭取發言權不但不被人們

所接受，還因此惹惱家人和公婆伯嫂，最後只能出家為尼。她挑戰傳統，對現實提出質疑，卻付出慘痛的代價，不但落得一身寂寞，還得斬斷人間情緣，並沒能爭取到現世的幸福。

本文原本是個大悲劇，但因故事裡的唱詞滑稽突梯，且用通俗的語言寫出，感覺非常有趣，稀釋了戲劇的悲劇氣氛，也落實了故事開頭的詩：「出口成章不可輕，開言作對動人情；雖無子路才能智，單取人前一聲笑。」裡寫的「單取人前一笑聲」，達到罕見的娛樂效果。

包青天審奇案

李傑是個算命先生，在奉符縣開了個卜卦鋪子，專門幫人算命。一回，縣裡一位名叫孫文的押司（衙門裡專門寫文書的官員）前來問卜，李傑問明生辰八字並排了卦後，嚇了一跳，囁嚅著不敢明說。

押司再三盤問，李傑才吞吞吐吐的回答：「實不相瞞，你在今年今月今日三更三點子時會死去！」押司聽了，氣得警告他：「若是今晚真的死去就算了；若沒死，你就給我等著瞧！」押司本來沒病沒痛的，平白被詛咒，愈想愈氣，差點把李傑抓去衙門，幸得旁人勸說才作罷。

回家後，押司心中好悶，跟押司娘大吐苦水，並喝了個爛醉，由押司娘跟丫頭迎兒扶著進裡屋去睡。押司娘囑咐迎兒好好看著押司，別讓他發生意外。哪知到三更時分，迎兒太累，竟不小心睡著了。等她睜開眼點燈查看時，只見到一個穿白衣的人，一隻手掩面走了出去，「噗通！」一聲跳入河裡。

那條河直通黃河水，連屍首都沒得打撈。鄰居都被驚動了，紛紛出來打聽，只見押司娘傷心的仰天大哭：「你幹麼投河！叫我們兩個靠誰去！」一口咬定投河自盡的一定是她的丈夫。

廚房裡的鬼

三個月過後，兩個媒婆上門來勸押司娘改嫁，押司娘提出三個條件：「第一，我死去的丈夫姓孫，如今若要嫁也要嫁個姓孫的；其次，先夫是奉符縣第一把的押司，除非是跟他一樣也是押司的人，否則不嫁；第三，這回，我不出嫁，對方得入贅。」

媒婆高興得眉開眼笑，說正好就有這麼個合乎條件的人，就是奉符縣的第二押司，如今升任第一押司，也姓孫。經過幾番往來傳話，小孫押司居然願意入贅，兩人便歡歡喜喜做了夫妻。

一天，夫妻二人喝醉酒，讓迎兒做碗湯來醒酒。沒料到廚房裡的灶腳卻神奇的浮起來，離地一尺高，其中出現一個披頭散髮、伸著長舌、眼裡滴出血來的男人叫著：「迎兒！你得替我申冤啊！」迎兒魂飛魄散，睜眼一看，竟然是死去的主人，嚇得昏死過去。

等小押司夫妻趕來，給她喝了碗定魂湯後，迎兒才悠悠醒來，趕緊將見到押司的事，報告押司娘。押司娘聽完，迎面賞了迎兒一個巴掌，罵道：「你這死丫頭！只是讓你做一碗湯，就說你偷懶就是了，幹麼裝出這些死模活樣，我看你就別做了，把火滅了，趕緊睡去吧。」

押司娘心中有了主意。次日，將迎兒叫到跟前說：「迎兒，你待在我家有七、八年了，如今我看你做事也不像先前那般勤快，想是打算嫁個老公，我已經幫你說了一門親事。」這事就這麼決定了，也沒徵得迎兒本人同意，就慌慌張張將她嫁給一個吃喝嫖賭都來的王興，成天指使迎兒去跟老主人借錢，供他花用。

文學小辭典：包龍圖

包拯是北宋時期的官員，一生做人光明磊落、剛正不阿，很受人敬重。在開封府時期，懲治了很多貪汙腐敗的官員和違法的親王權貴，即使是親人犯案，一樣嚴明無私、公事公辦。

要知三更事，移開火下水

包公曾直言皇帝陳州放賑用人不當，天子見他忠心為國，便加封他為「龍圖閣大學士」，賜三口銅鍘以鎮嚇外官，前往陳州察賑。故在後來的戲曲、民間傳說裡，包大人又被稱為「包龍圖」。在包公的故鄉，現今的安徽省合肥市還有包公墓，供後人瞻仰。

話說當時奉符縣新來個知縣，就是後來鼎鼎有名的包龍圖。上任的第三天，包公夢見自己坐在堂上審案，堂上貼了副對聯：「要知三更事，移開火下水。」隔天早上，包公心中疑惑，召來府裡的小孫押司把這兩句話抄下，找來府中官員討論，卻都沒理出個頭緒。當下下令小孫押司將這兩句話寫成告示貼在府外，親自用紅墨水特別在下面標注：「能解出這副對聯者，將得十兩賞金。」告示一貼出，縣裡的人都爭相去看，紛紛討論著。

這時，迎兒的丈夫王興正在衙門附近的小店買棗糕吃，看著人潮聚集，心裡好奇，也擠去看告示，不禁大吃一驚。原來迎兒嫁給他之後，曾經被他逼著去跟押司娘借錢。一回，沒借著，正沮喪著，卻在回家途中，在人家屋簷頭看見前主人押司，押司送她一包碎銀子解困。另有一次迎兒去東嶽廟燒香，回程時，再度見著死去的孫押司，孫押司又苦苦要求替他申冤，並遞給迎兒一張紙，上頭就寫著這副對聯。迎兒回家後，都曾經一五一十跟他說過，也取出那張紙條給他看過。

消失的字跡

王興六神無主，不知如何是好，趕緊回家跟迎兒商量。迎兒說：「先押司再三請我幫他申冤，我們又曾經白白得他一包銀子，若不出去將他的心願說出來，只怕鬼神不容。」王興依然舉棋不定，怕給自己惹來麻煩。幸好出門遇到鄰居一位可靠的朋友裴孔目，裴孔目自告奮勇前去報官，讓王興回家取出寫著對聯的紙做證據。

沒料到王興從迎兒的衣櫃取出那張紙時，赫然發現字跡全不見了，只剩一張白紙。無奈何，只好帶著白紙進官府。包公半信半疑，請他背出全文，幸好他記得牢，趕緊念給包公聽：「**大女子，小女子，前人耕來後人餌。要知三更事，掇開火下水。來年二三月，句已當解此。**」

包公拿紙記下，反覆讀了幾遍，希望能從中找尋蛛絲馬跡。突然靈光一閃：「對了！這『大女子，小女子』是說女人生的兒子是外孫，不就是『大孫、小孫』？『前人耕來後人餌』餌是食物，很明顯是說小押司白白得到大押司的老婆，又占用他辛苦賺來的家產。大押司死於三更時分，得『掇開火下水』？火指的是升火的灶，水從井出來，難不成押司家的灶是砌在井上頭的？這是不是說屍體落入井裡？湊巧的是，迎兒又曾在家裡的灶下看見押司披髮、吐舌、眼睛流血的模樣，莫非他是被勒死的？」

第二天上午，包公領著公差闖入孫府搜查，小孫押司嚇得滿臉蒼白。包公喝令左右和王興押著小孫押司到他家灶下，挖開灶腳，發現底下是塊石板。合力掀開石板，一口黑壓壓的深井就露了出來。包公立刻命人打撈井底，果真撈起一具僵硬的屍體，有人認出是大孫押司，脖子上還套著一條繩子，死狀悽慘。小孫押司發現紙包不住火，嚇得面如土色，一句話都不敢說。

日間斷人，夜間斷鬼

原來，小押司是大押司在天寒地凍的冬夜裡救回來的窮小子，大押司不但好心教他識字、寫文書，還留他在手下做事。想不到這個忘恩負義的小子竟然和押司娘勾搭上。那日，大押司算命回來，

恰好小押司正躲在他家，聽說大押司算了命，三更必定死於非命，乾脆一不做二不休，趁機將大押司灌醉，趁著迎兒睡著時，潛入房內將大押司勒斃，投入井裡，以石板蓋上，隱藏於爐灶下。之後，由小押司掩面走出，到了河邊，將準備好的大石頭投入水中，然後躲入草叢。迎兒聽到聲響，以為是大押司投水。其後，再接著請人來做媒提親，和押司娘做了夫妻。

包大人怒喝：「此兩犯人，恩將仇報，喪盡天良！一個枉顧夫妻多年情分，一個不僅不報知遇之恩，還貪圖他人妻子財產，為此謀財害命，真是罪無可赦！來人啊！將他們雙雙押入大牢，等候最終審判！」公差於是將兩人上銬，押入死牢。包公讓孫家人將大孫押司的屍身好好安葬，告知迎兒，他家主人的冤屈已償，請她釋懷。

此案偵結後，包公回府發現字條還在，猛然想起最後兩句「來年二三月，句已當解此」，二、三月我剛上任，「句已」兩字合起來不正是「包」嗎？不由得撚鬚微笑，可見冥冥中早已有了定數。此後，人們對這新上任知縣萬分敬重，稱讚他「日間斷人，夜間斷鬼」，是明察秋毫、公正廉明的青天大老爺。「包青天」的名氣遠近皆知，甚至名垂千古。

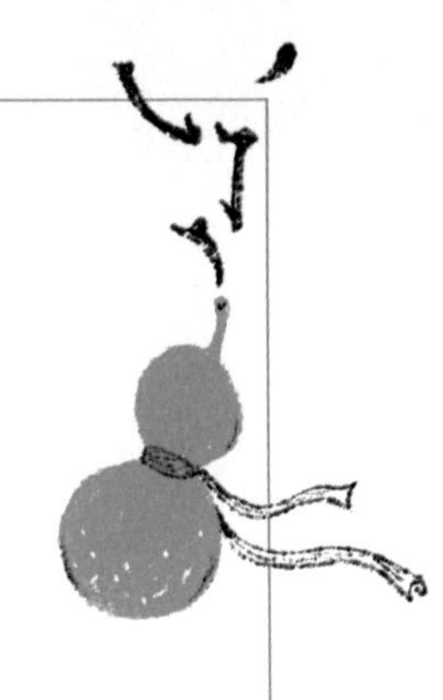

解讀與賞析

脫離口頭創作成為書面文學的白話短篇小說

故事裡的包公曾鎮「玉宸宮」作祟之邪，而得知玉宸宮李妃當年冤案。皇帝見他能鎮鬼神大悅，即升用為開封府府尹、陰陽學士，加封「陰陽」二字。從此人們傳說包公善於審鬼，白斷陽、夜斷陰。

宋代的話本原本是說書人說故事時的底本，發展到了明代，起了微妙變化。開始有文人模擬「話本」形式而編出大量作品，它不是給藝人說書用，而是提供人閱讀、欣賞，一般稱為「擬話本」。它繼承「話本」創作上的藝術特點——故事曲折生動，形象鮮明，語言樸素，還發展出細節的描寫和人物內心的刻劃。

這種「擬話本」的出現，標誌著白話短篇小說已逐漸脫離口頭創作階段，而成為作家的書面文學了。這類小說，後來被馮夢龍、淩濛初收集編輯成為有名的《喻世明言》、《警世通言》、《醒世恒言》（簡稱《三言》），和《初刻拍案驚奇》、《二刻拍案驚奇》（簡稱《二拍》）。

大批擬話本專集出現後，為了便於流傳，明末清初陸續出現許多小說選集，其中以明思宗崇禎末年姑蘇抱甕老人所輯的《古今奇觀》為最好，影響也最大。全書共四十篇，二十九篇選自《三言》，十一篇選自《二拍》，選錄較精，此書一出，極受歡迎。

賣油郎的溫柔

宋徽宗時期，金兵猖獗，起兵南下，攻破了京城。百姓亡魂喪膽，只好攜老扶幼，棄家逃命。原本過著快樂生活的小雜貨鋪老闆莘善一家三口，也收拾包袱，跟著逃亡潮結隊而走。不想三人在逃亡途中，竟被亂軍衝散，年方十二歲的女兒瑤琴跌了一跤，爬起來卻不見了父母。

落難的孤女

瑤琴獨自走在滿目風沙、死屍遍野的路上，愈想愈害怕，不由得瑟縮在牆角，嗚嗚咽咽的哭了起來。正好鄰人卜喬循聲找了來，

一臉驚惶的瑤琴如見親人，急忙收拾了眼淚，起身問道：「卜大叔，可曾見到我爹娘？」卜喬說：「你爹娘找你找得好苦，正往前頭趕去，他們吩咐我若找到你，千萬得護送你過去。這路上凶險，乾脆你就喊我一聲爹，我倆以父女相稱，別讓人誤會我收留迷失子女。我送你去臨安，讓你們一家團聚。」瑤琴平日雖然聰明，情急之下，無暇細想，便跟著卜喬走。

卜喬邊走邊打聽，知道西湖煙花巷的王九媽要買個養女，就騙瑤琴說：「九媽是我的至親，我先暫時把你寄養在她家，我前去通知你爹娘，讓他們來領你回去。」他原本是個無賴，平日遊手好閒，好吃懶做，早就不安好心。在街上閒晃的他，花光身上的錢後，正巧遇著瑤琴，乾脆做個人口販子把瑤琴賣到妓院，賺筆黑心錢。

瑤琴等呀等的，過了數日，都沒有卜喬消息，便向王九媽探問：「卜大叔怎麼還沒來帶我去見爹娘？」九媽大驚，說：「他不是你親爹嗎？他說是家裡窮，養不起女孩，才把你賣給我的，想不到原來你是個孤女。既然這樣，我就跟你實說了吧，他把你賣給我，拿了五十兩銀子跑了。我這兒是煙花巷，我看你長得漂亮，長大必定成為紅牌妓女，吃香喝辣的。」瑤琴聽說受騙上當，不禁放聲大哭。從那之後，瑤琴改名王美，大家都叫她「美娘」。

聲名遠播的花魁娘子

美娘容貌秀麗、能歌善舞，自小琴棋書畫，樣樣精通；加上九媽又刻意請人教她吹彈歌舞，單憑賣藝就已奪得當地「花魁娘子」（**「花魁」指的是最美的花，花中之王的意思，這裡指的是院裡才藝、容貌都最好的女子**）的美名。十五歲時，九媽看時機成熟，就來勸美娘賣身。想不到美娘脾氣拗，堅決抵抗，每當客人想來親近她，都被她劈頭抓了幾道血痕。

九娘心想：「這女孩性子這樣剛烈，我要怎麼說服她呢？」左思右想，忽然靈機一動，找了一向跟美娘很親的結拜妹妹劉四媽來當說客。劉四媽能言善道，勸美娘說：「哎呀，好姪女，我們這行，新舊相識、往來熱鬧，才是個出名的姊妹行家。」美娘氣憤回嘴：「我是好人家的女兒！若要我倚門賣笑，送舊迎新，我寧可死去算了！」

九媽看她脾氣硬，就好言勸說：「唉，千錯萬錯，就是你不該淪落到這個地方來。事到如今，找個好人家嫁了比較實在。但若要從良，也得挑個好丈夫才行。你若是執意不接客，怎曉得哪個人好、哪個不該嫁？憑你的才貌，將來追求你的王孫公子一定不少，過了十年、五載的，遇到個知心如意的嫁過去，也未嘗不是美事一樁。」

美娘聽了九媽一席話，雖不樂意，但看來也沒其他法子，只好忍辱偷生。所以，其後有客人上門求見，她也不再推拒，只暗中留意著好對象，以便將來從良。日積月累，聲名遠播，美娘身價漸漸水漲船高。

命運多舛的少年

臨安城外有個賣油的朱十老，年老無子，聽說有個少年因母親早逝，父親無力扶養，十老遂買了他當養子。少年名叫秦重，從此改姓朱，十老拿他當親生兒子看待。

十七歲那年，店內有一侍女蘭花，見他一表人才，很是傾慕。

豈知「落花有意，流水無情」，她多次勾引朱重不成，便懷恨在心，故意在朱十老面前中傷朱重：「小官人幾番調戲奴家，好不老實！」過幾日，又藏起銀兩，騙朱老說：「朱小官在外賭博，我懷疑櫃裡銀子幾次短少是被他偷去的！」這左一句、右一句，長期下來，朱老也就信以為真，歎道：「到底不是親生骨肉，枉費我拿他當親兒子看待。算了，乾脆放他出去吧。」於是，取了三兩銀子打發朱重出門。

朱重滿腹委屈無處訴，只好改回秦姓，在眾安橋下租了間小屋，利用那三兩銀子，購置了油擔並向往常熟悉的油坊批貨，以擔子挑油四處兜售。油坊老闆認得是老實的秦重，知道事情始末後，很為他抱不平，就挑上好的油給他，油價上又給了點折扣；秦重將這些折扣轉給顧客。不多久，臨安市上都曉得有個老實的「秦賣油」，不但油品好，油價也便宜，都愛找他買油，生意也因此蒸蒸日上。

賣油郎戀上風塵女

一日，秦重挑著空擔子準備回家，瞥見有戶人家，面對湖水，金門雕欄，門飾階梯富麗堂皇，便躲在一旁觀看。這時，忽然有一位容顏嬌麗的女子送客出門。女子姿態文雅，前所未見，讓他都看呆了。接著，院中走出一位老婦人，見了他，便道：「你莫非就是遠近馳名的秦賣油？我家每日要油用，你就定時挑油來賣吧。」

「是！是！承蒙媽媽作成生意，晚輩不敢有誤。」秦重想，這家不知是何許人也？若是明日挑油來賣，或許能再見那漂亮的女子一面也說不定呢！想到這裡，秦重不禁心情大好。歸途中，順道進了間小店飲酒，隨口問店小二：「那金漆籬門內的女子是哪戶人家的小姐？」店小二探了探頭說：「客倌有所不知，這是鼎鼎有名的妓女，人稱『花魁娘子』，往來的可都是高官大戶。沒十兩銀，見一晚都不能哪！」

秦重一聽，心中不禁感歎：「可憐一個如花似玉的女子，竟淪落到這風塵裡。」但轉念一想：若不是淪落風塵，像我這樣的賣油

小子怎麼能遇上她？心中遂暗自盤算：一日積一分賣油錢，一年可以存上三兩六錢；只要三年，應該就能再見那「花魁娘子」一面了。

朝思暮想的秦重日後便常常過來王九媽家賣油，回程路上多跑幾趟，多做幾門生意，也不覺得辛苦。不知不覺過了一年有餘，秦重居然提前存了十幾兩銀子。為了不顯寒磣，他將散碎的十兩銀子送去銀匠處鑄成銀錠，還鄭重的買了套新裝、鞋襪，將自己打扮得整齊乾淨，再前往王九媽住處。

秦重一向樸實，沒去過煙花柳巷。他到了門口，繞來繞去，不知所措，心想：「平日是來賣油，今天是來光顧的，該怎麼開口才好呢？」正躊躇間，大門開了，九媽走了出來：「哎呀！今日不賣油啦！秦小官人是看上咱家哪個姑娘嗎？」

九媽見秦重悉心裝扮，滿面通紅，心中便略知一二，於是主動跟秦重推薦了幾位貌美的女子。「我誰都不要，只想與那花魁娘子相處一晚。」困窘了很久，秦重終於說出口。說完，便拿出十兩銀子交付給九媽，並額外多給了二兩，請代為置辦酒菜。

九媽一見銀兩就眉開眼笑，但隨即蹙了眉頭說：「唉呀，美娘往來的都是王孫公子，富室豪家，你一個小小的賣油郎，她怎肯因為接待你而壞了身價！」

只為這一夜溫柔

雖然如此，九媽想到秦重千方百計一文、一文的存錢想會晤美娘的心意，也被深深感動，決定幫他一償宿願。於是叮囑他，近期內別來賣油，再添購一身較為體面的服裝，先讓人忘了他的賣油身分，再來打探美娘的空檔時間。

從那之後，秦重常常慎重裝扮前來，卻都敗興而歸。空走約一月有餘，好不容易才等到美娘醉飲回來。美娘一看秦重，弄清楚他只是個賣油的，心中瞧他不起，便喚丫頭鋪好床，逕自倒頭就睡。

秦重心想，酒醉之人，必然怕冷，卻又不忍驚醒美娘，便將被子拉過，輕輕為她蓋上。美娘睡到半夜，因酒醉嘔吐，秦重怕弄髒被窩，便張開自己寬大的袖子，承接她的嘔吐物。美娘在恍惚中嘔吐，嘔畢後嚷嚷著討茶喝。秦重將外袍脫下，將穢物層層包起，並

斟上熱茶給她清口，然後溫柔擁她入懷而睡。

隔日美娘迷糊睡醒，又驚又愧說：「我昨晚酒醉，不曾招待你，還壞了你一件衣服！」「小娘子為天上神仙，能親近小娘子一夜，已是三生有幸！」秦重感覺美娘口氣轉好，心中不覺雀躍起來。

美娘想，這人難得忠厚又老實，心頭一熱，對秦重有些不好意思，便說：「昨夜難為了你，賣油所得銀錢微薄，難得你有心，這銀兩酬你一夜之恩。那髒汙的衣服，我差丫鬟洗淨後給你送回，別讓外人知道。」便取出二十兩銀子塞入秦重手裡。秦重哪裡肯收，但因美娘堅持，也不好拒絕，趁著四下無人，趕緊辭謝而去。日後，每當美娘遇到不如意時，總不由得想起秦重的溫柔，感歎「可惜他只是個賣油的」。

一日，惡名昭彰的太守兒子吳八公子找上門來，美娘嫌他惡質粗鄙，幾次推辭，豈料他帶著幾名惡僕扭斷門閂、踹開房門，一邊一個壯漢，硬是把美娘拖上遊湖的船上，並惡言威脅：「你再不識抬舉，就討打了！」怎知美娘只是嚎哭，寧死不屈。八公子憤怒至極，喚人將美娘繡鞋脫去，並拆開她的裹腳布，將她拋棄在路旁，罵道：「好，算你有本事！那就自己走回去吧，本大爺不送！」

裹小腳的美娘赤了腳，簡直寸步難行。她回想從小到大，失去爹娘、淪落風塵，如今更受這百般的凌辱，不如死了算了！愈想愈傷心，不禁嚎啕大哭。哭聲引起路人注意，正逢秦重行經此地，一聽聲音耳熟，發現這不正是他日思夜想的人兒！

癡情郎感動花魁女

秦重傾聽美娘訴苦，安撫她的情緒，為她擦乾眼淚，並叫人抬了轎，一路將她護送回王九媽家。這一次，秦重的情深意重深深打動了美娘。她不再在意秦重賣油的地位卑微，決心追求愛情，並許以終身。

然而，賣油的小伙子哪有能力為名妓贖身？幸好美娘打從答應接客那天開始，就為日後的從良精打細算，攢了不少錢。只可惜往來的都是酒色之徒，圖的只是她的美色。如今發現秦重是個可以倚賴的至誠君子，便出資自贖，向老鴇買回自由，隨著秦重回家。

話說前些年朱十老病重時，侍女與夥計捲款潛逃，朱十老才知秦重受了委屈，就召回秦重，希望老死有靠。秦重也不負所望，幫忙打點生意外，並伺候他老人家終老。朱十老過世後，秦重接管油行，另外雇用了一對原本經營雜貨店的老夫妻來店幫忙。當秦重帶回美娘，想要介紹雙方認識時，美娘不禁大聲驚呼：「爹、娘，我是琴兒啊！」

老夫妻不敢置信的望向失散多年的女兒，三人激動的緊緊相擁而泣。原來莘善夫妻一路尋女來到臨安城，路上沒了盤纏。幸好夫妻倆開過雜貨鋪，賣油、管帳等事做得順手，後來被秦重招攬為幫手。想不到竟在這因緣際會下，一家三口再度重逢。從此一家和樂，將家業經營得氣象萬千。

當時有句詩這麼流傳：「堪愛豪家多子弟，風流不及賣油人。」賣油郎與花魁女的一段浪漫佳話，至今流傳不絕。

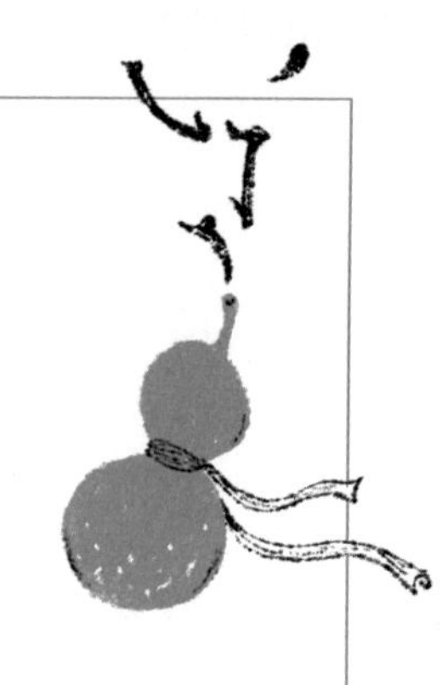

解讀與賞析

堅貞浪漫的情感是人們的最愛

〈賣油郎獨占花魁〉原載於馮夢龍《醒世恆言》中，曾多次被改編為戲劇，明代李玉的戲曲《占花魁》便是這則擬話本的改編。

故事中，秦重對美娘情深意重、百般呵護的浪漫愛情，顛覆了傳統「負心郎和痴情女」愛情劇的慣性組合，而以癡情男和勢利女相對照，格外引人注目。餘波流傳至今，尤以〈承吐〉一幕最為舞台劇所青睞，無論新式歌仔戲、平劇或崑曲裡，仍時時可見癡情小官秦重的身影。可見不論時代如何轉換，堅貞浪漫的情感永遠是人們的最愛。

第三部　長篇小說

第八篇 章回小說

空城計

三調芭蕉扇

黛玉葬花

空城計

——摘自《三國演義》第九十五回〈武侯彈琴退仲達〉

孔明自從下令馬謖等人守街亭之後，猶豫不定。

忽然王平派人送來圖本。孔明拆開來看，拍案大驚說：「馬謖真是無知，眼看就要坑陷我們的軍隊了呀！」左右問：「丞相幹麼這麼吃驚？」孔明說：「我看這個圖本，失去重要道路，占山為寨。倘若魏國的軍隊從四面八方圍過來，阻斷汲水道路，不到兩天，軍隊就完蛋了。如果街亭失守，我們可就麻煩了。」

這時，長史楊儀走向前說：「我願意去替代馬謖。」於是，孔明把安營的方法，一一叮囑楊儀。剛要走，忽然有報馬（傳遞消息的人）來，說：「街亭、列柳城，全都失守了！」

孔明跺腳長歎：「哎呀！看來大勢已去！」趕緊叫來關興、

精選原典

卻說孔明自令馬謖等守街亭去後，猶豫不定。忽王平使人送圖本至。孔明喚入，左右呈上圖本。孔明就文几上拆開視之，拍案大驚曰：「馬謖無知，坑陷吾軍矣！」左右問曰：「丞相何故失驚？」孔明曰：「吾觀此圖本，失卻要路，占山為寨。倘魏兵大至，四面圍合，斷汲水道路，不須二日，軍自亂矣。若街亭有失，吾等安歸？」長史楊儀進曰：「某雖不才，願替馬幼常回。」孔明將安營之法，一一分付與楊儀。正待要行，忽報馬到來，說：「街亭、列柳城，盡皆失了！」孔明跌足長歎曰：「大事去矣！此吾之過也！」

張苞，吩咐：「你們兩人各自率領三千精兵，往武功山小路走。如果遇到魏兵，不要跟他們打起來，只要擊鼓吶喊，嚇嚇他們。假若他們跑了，也不要去追。等他們軍隊都跑光，再往陽平關走去。」

說著，又命令張翼帶著軍隊去修理劍閣（在現在的劍閣縣北邊，是大小劍山之間的棧道，又稱劍門關），為回程預做準備。接著悄悄傳令，讓大軍暗暗收拾行裝，準備起程。然後派馬岱、姜維斷後路，先在山谷中埋伏，等所有軍隊都退了才收兵。另一方面，再派心腹分頭跟天水、南安、安定三郡官吏軍民，一起進入漢中，這其間還遣心腹到冀縣接了姜維的老母親，將她安全送入漢中。

指派告一段落後，孔明馬上帶著五千士兵去西城縣搬運糧草，忽然有十餘次的飛馬來報，說司馬懿領著十五萬大軍，聲勢浩大的往西城來了。這時孔明身邊並無大將，只有一班文官，所領著的五千人，已分一半運送糧草去了，只剩兩千五百人在城裡。大家聽到這消息都大驚失色。孔明登上城遠望，果然塵土飛揚，魏國真的兵分兩路往西城縣殺過來了。

孔明立即傳令：「大家把旌旗全藏起來；將領們各自謹守巡哨的崗位，如果有隨意進出或大聲喧譁的，立刻殺頭；把四邊的門全打開，每一個門上，用二十個軍士打扮成老百姓的模樣，在那裡灑水掃街。魏軍到的時候，千萬不要輕舉妄動，我自有對付的方法。」孔明披上鶴氅，戴上綸巾，帶著兩位小童子和一把琴，在用來瞭望敵人的城樓上，憑欄坐著，燃起香，慢慢彈起琴來。

司馬懿的前導軍哨來到城下，看了這樣的景象，都不敢前進，急忙報告司馬懿。司馬懿不相信，止住三軍部隊，自行飛馬前去遠望。果然看到孔明笑容可掬的坐在城樓上，焚香操琴。左邊有一位小童子，手捧寶劍；右邊也有一個童子，手執撣灰

文學小辭典：《三國演義》

《三國演義》全名為《三國志通俗演義》，中國古代長篇歷史章回小說。作者是元末明初的羅貫中，本書是中國古典小說四大名著（《三國演義》、《西遊記》、《水滸傳》、《紅樓夢》）中，唯一根據歷史事實改編的小說。

塵用的拂塵。城門內外只有二十餘名百姓，自顧自低頭灑掃，旁若無人。

司馬懿看完之後，心中起了大大的疑問。回到中軍後，下令後軍充作前軍，前軍作後軍朝北邊的山路撤退。次子司馬昭問：「說不定諸葛亮根本沒有軍隊，才故意擺出這種態勢唬人。父親為何就退兵？」司馬懿說：「諸葛亮一生謹慎，從不冒險。如今大開城門，我猜測必有伏兵。我們的士兵如果進去，一定會中計。你知道個什麼？速速退去。」於是，兩路兵馬全都退去。

孔明看到魏軍遠去，忍不住撫掌大笑，所有將領無不驚駭。於是，有人就問孔明：「司馬懿是魏國的名將，如今率領十五萬精兵到此，居然見了丞相後，很快就退去，到底是為什麼？」孔明回答：「這人以為我平生謹慎，必定不敢冒險；懷疑其中有詐，恐有埋伏，所以退去。我平時固然不做沒把握的事，但如今實在是不得已了，才冒一次險。這人一定是帶領軍隊往山北小路去了，我已經下令關興、張苞二人在那兒等著。」

眾人又驚訝、又佩服的說：「丞相玄機妙算，真是神鬼莫測啊！

若是我們遇到這樣的狀況，怕不早就棄城而逃了。」孔明說：「我們只有兩千五百名兵士，如果棄城而逃，一定跑不遠。說不定早就被司馬懿抓去了！」孔明說完，拍手大笑，下令讓西城百姓，隨著軍隊進入漢中。他判斷司馬懿一定會再回來，於是離開西城、朝漢中前行。這時，天水、安定、南安三郡官吏軍，也陸續來了。

再說司馬懿這邊，朝武功山小路走後，忽然聽到山坡後喊殺連天，鼓聲震地。司馬懿回頭跟兩個兒子說：「我若此時不走，一定會中了諸葛亮的計謀。」只見大路上有軍隊殺來，旗上大字寫著「右護衛使虎翼將軍張苞」。魏兵一看，全丟下盔甲拋棄干戈跑了。

走不到多遠，山谷中又聽得喊聲震地，鼓角喧天，前面一杆上的大旗上寫著：「左護衛使龍驤將軍關興。」山鳴谷應，感覺滿山遍野都是蜀兵；加上魏軍疑心病重，不敢久停，只得把糧草、營帳、器械全部丟了。關興、張苞二人遵照孔明的命令，沒去追擊，只取了敵軍的軍器糧草回來。司馬懿看見山谷中都是蜀兵，不敢再往大路走，遂回去街亭。

這時，曹真聽說孔明退兵，急忙帶兵追趕。山背後忽然一聲砲響，蜀兵漫山遍野而來；為首大將，正是姜維、馬岱。曹真大吃一驚，趕忙退兵，先鋒陳造卻已被馬岱斬了。曹真亂了手腳，帶著軍隊抱頭鼠竄的回去，蜀兵則連夜奔回漢中。

話說趙雲、鄧芝領軍埋伏在箕谷道中。聽到孔明傳令退軍，趙雲告訴鄧芝：「魏軍知道我退兵，必然來追。我先派軍隊埋伏在他們的後方，你打著我的旗號，率領軍士徐徐而退，我一步步來，自然會護送你們。」

再說郭淮率軍再回箕谷道中，叫來先鋒蘇顒，吩咐他：「蜀國將領趙雲，英勇無敵，你可得小心提防。他的軍隊如果退下，必定有詐。」蘇顒高興的回說：「都督如果答應接應，我保證可以生擒趙雲。」於是帶著三千軍士，奔入箕谷。眼看就快趕上蜀兵，這時山坡後忽然閃出紅旗白字，上面寫著「趙雲」，蘇顒急忙收兵退走。行不到數里，喊聲大震，一支壯盛的軍隊闖出；為首的大將，挺槍躍馬，大喝：「你可認識趙子龍！」蘇顒大驚說：「這裡怎麼又有趙雲？」一時措手不及，被趙雲一槍刺死於馬下，剩下的軍士全數

文學小辭典：羅貫中

羅貫中（一說是羅本，字貫中），別號湖海散人，是明代著名的通俗小說家。著有《隋唐志傳》、《殘唐五代史演義》、《三遂平妖傳》、《粉妝樓》及《三國志通俗演義》等小說。其中以《三國志通俗演義》最為傑出，堪稱其代表作。

精選原典

雲迤邐前進，背後又一軍到，乃郭淮部將萬政也。雲見魏兵追急，乃勒馬挺槍，立於路口，待來將交鋒。蜀兵已去三十餘里。萬政認得是趙雲，不敢前進。雲等得天色黃昏，方纔撥回馬緩緩而退。郭淮兵到，萬政言趙雲英勇如舊，因此不敢近前。淮傳令教軍急趕，政令壯士數百騎趕來。行至一大林，忽聽得背後大喝一聲曰：「趙子龍在此！」驚得魏兵落馬者百餘人，餘者皆越嶺而去。

潰散。

趙雲一路迤邐前進，背後又有一支部隊前來，原來是郭淮的部將萬政。趙雲見魏兵追得急，乾脆停下馬拿著槍，站於路口，準備跟來將交鋒。這時，蜀國軍隊已經離開約莫三十多里。萬政認得是趙雲，不敢前進。趙雲等到天色黃昏，才緩緩而退。

郭淮兵到，萬政向他報告：「趙雲英勇一如已往，所以不敢近前。」郭淮傳令讓數百壯士快馬加鞭趕來。趕到一個大樹林時，忽然聽到背後大喝一聲：「趙子龍在此！」驚得百餘魏兵落馬，剩下的都紛紛翻山越嶺跑了。

萬政勉強抵抗，被趙雲一箭射中繫帽的帶子，跌落山溝。趙雲用槍指著他說：「我先饒你一命！趕快回去叫郭淮來！」萬政僥倖撿回一命，趕緊逃命去了。趙雲護送器械、人馬，朝漢中行去，沿途沒有任何閃失，立下不少汗馬功勞。

司馬懿兵分幾路前進，蜀國軍隊則已經回漢中。司馬懿帶著一支部隊又到西城，探問留下的居民及山裡偏僻地區的隱居人士，都說孔明其實只有兩千五百位軍士在城裡，也沒有武將，只有幾個文官，別無埋伏。武功山小民還告訴司馬懿：「關興、張苞，也都各只有三千軍，轉山吶喊，鼓譟追逐，沒有其他軍隊支援，並不敢廝殺。」司馬懿後悔不已，仰天歎息：「我真的不如孔明啊！」於是，安撫了官民，帶兵回去長安，朝見魏主。

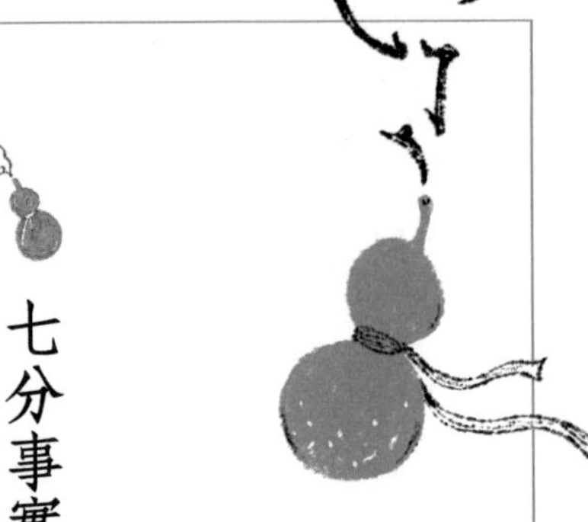
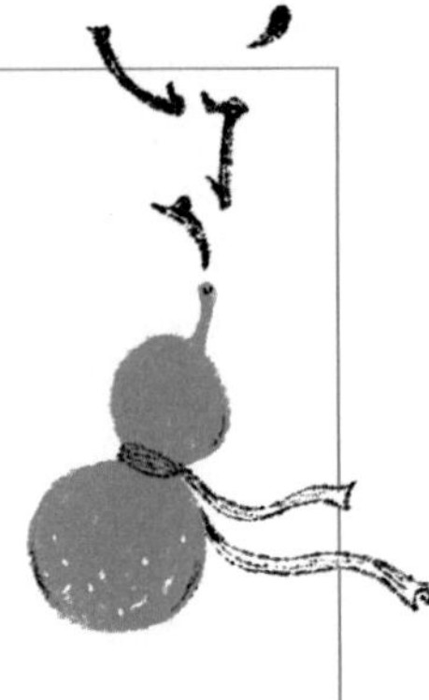

解讀與賞析

七分事實、三分虛構的創意

本文選自羅貫中編撰的《三國演義》第九十五回〈武侯彈琴退仲達〉。敘述諸葛亮以「空城計」智退魏將司馬懿的前後經過，把諸葛亮如何從容布局的臨危不亂寫得絲絲入扣。

從眼見街亭即將失守，諸葛亮由派人前往營救轉為準備退回漢中開始；接著寫司馬懿領兵十五萬蜂擁前來，孔明在只有兩千五百軍士迎戰的狀況下，決定涉險以空城應變的驚險經過。其後，敘說蜀將趙雲機智勇敢、八面威風的擊退魏軍並護送人馬撤退回漢中。最後回筆至司馬懿一如諸葛亮所料折返西城，才知被孔明「空城計」所騙，自歎不如，訕訕然引兵回長安。

文中除了摹寫諸葛亮的足智多謀、料事如神外，對司馬懿稍嫌多疑的毛病及坦然認輸的風度也多所著墨。另外，趙雲的形象也十分鮮明。他的威名遠播，敵人被嚇得膽戰心寒，未戰先敗，凸顯了趙雲的神勇威猛，讓人印象深刻。

《三國演義》的編寫，雖然依據史實，卻不拘泥於史實，「七分事實，三分虛構」的歷史材料運用，正是它的創意所在。有趣的是，最為人們所喜愛或傳頌的，大多屬於虛構的部分，譬如本文的「空城計」和一般民眾熟知的「借東風」等都是文學的虛構，這也間接見證了文學的魅力。

《三國演義》不只給中國長篇歷史小說提供優秀的範例，最值得一提的是，劉備、關羽、張飛桃園三結義那種「不求同生、但求同死」的義氣，成為歷來社會大眾所樂道、傾慕且樂於遵行的人生信念。

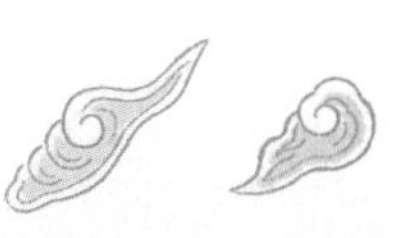

三調芭蕉扇

——摘自《西遊記》第六十一回〈豬八戒助力敗魔王　孫行者三調芭蕉扇〉

（一）

話說牛魔王趕上孫悟空，只見他肩膊上掮著那柄芭蕉扇，得意洋洋。魔王大驚說：「猢猻原來把芭蕉扇使用的方法也騙到手了。我若當面跟他要，他一定不給；如果又掮我一下，把我掮到十萬八千里遠去，豈不遂了他的心意？且讓我變成豬八戒的樣子，反騙他一場。」

這魔王也有七十二變，只是身子笨重些，不夠靈活。他藏了寶劍，念了咒語，搖身一變，成了豬八戒。抄近路，當面迎著悟空，親熱的大叫：「師兄，我來了。」

文學小辭典：《西遊記》

中國古典神魔小說，也是中國「四大名著」之一。書中講述唐三藏師徒西天取經的故事，表現了懲惡揚善的古老主題。

《西遊記》成書於十六世紀明朝中葉，自問世以來在中國及世界各地廣為流傳，被翻譯成多種語言。作者是吳承恩，總計一百回。成書過程跟《三國演義》、《水滸傳》非常接近，都參雜正史、傳說和民間故事。

悟空見是八戒，就說：「兄弟，你去哪裡了？」牛魔王趁機說：「師父見你許久不回，唯恐牛魔王手段大，你鬥不過他，派我來接應你。」悟空笑道：「不必擔心，我已經得手了，你瞧！」牛王故意睜大眼睛問：「哇！好厲害！你是怎麼得手的？」悟空回答：「那老牛與我戰了一百多回合，不分勝負。他就撇下我，去亂石山碧波潭底，跟一夥蛟精、龍精喝酒。是我偷偷跟了他去，變身為一隻螃蟹，偷了他所騎的辟水金睛獸，把牠變成老牛的模樣，直接跑回芭蕉洞哄騙那羅剎女。」牛王說：「真難為你了！哥哥真是太辛苦了，我幫你拿扇子吧。」孫悟空沒想太多，直接將扇子遞給他。

牛王接過手，不知念了什麼口訣，偌大的芭蕉扇立刻縮成一片小杏葉，把臉一抹，現出本相，然後開言罵道：「潑猢猻！認得我嗎？」悟空見了，懊惱道：「我上當了！常年打雁子的，沒料到倒給小雁啄了眼睛。」他氣得暴跳如雷，揮起鐵棒，劈頭便打。那魔王拿扇子搧他，誰知大聖先前變蟭蟟蟲進到羅剎女肚裡時，把含在口裡的定風丹給嚥下了，所以如今五臟、皮骨都很牢固，任憑牛王怎麼搧，都搧不動他。牛王慌了，把寶貝丟入口中，雙手揮劍就砍，

精選原典

牛王慌了，把寶貝丟入口中，雙手輪劍就砍。那兩個在那半空中這一場好殺：

齊天孫大聖，混世潑牛王，只為芭蕉扇，相逢各騁強。粗心大聖將人騙，大膽牛王把扇誆。這一個，金箍棒起無情義；那一個，雙刃青鋒有智量。大聖施威噴彩霧，牛王放潑吐毫光。齊鬥勇，兩不良，咬牙銼齒氣昂昂。播土揚塵天地暗，飛砂走石鬼神藏。這個說：「你敢無知返騙我！」那個說：「我妻許你共相

兩個在半空中一場廝殺。鬥得難捨難分。

（二）

卻說唐僧坐在途中，又熱又渴，見悟空去那麼久還不回來，便央求火焰山土地神幫忙帶路，領著八戒去找悟空。八戒精神抖擻的帶上他的武器釘鈀，跟土地神騰雲駕霧，往東邊去了。

正走著，忽然聽見狂風滾滾殺聲震天。八戒停在雲端觀看，原來是悟空正與牛王廝殺。八戒舉著釘鈀，厲聲高叫：「師兄，我來了。」悟空恨聲說：「你這蠢貨，誤了我多少大事。」八戒說：「師父教我來接應你，因認不得山路，所以來遲。」悟空說：「我不是怪你來遲，這潑牛十分無禮。我好不容易從羅剎處騙來的扇子，卻被這傢伙變成你的模樣給騙了。」八戒聞言大怒，對著牛王罵道：「你怎敢變作你祖宗的模樣，騙我師兄，害我兄弟不睦？」說完，揮著釘鈀，劈頭便一陣亂砍。

牛王與悟空鬥了一天，已經很疲倦；八戒的釘鈀又太兇猛，一

將！」言村語潑，性烈情
剛。那個說：「你哄人妻
女真該死！告到官司有罪
殃！」伶俐的齊天聖，凶
頑的大力王，一心只要
殺，更不待商量。棒打劍
迎齊努力，有些鬆慢見閻
王。

時招架不住，敗陣而逃。不料土地神率領陰兵（陰間的士兵，負責押送魂魄的，屬於閻羅王的手下，專門勾人魂魄）當面擋住說：「唐三藏要去西天取經，快拿芭蕉扇來搧息火焰，讓他沒災沒難早早過山；不然，上天一旦追究責任，你就沒命了。」

牛王說：「那潑猴奪我孩子，欺我妻妾，我恨不得將他吞下，化成大便餵狗，借寶貝？門兒都沒有！」話還沒說完，八戒已趕上大罵：「去你的！快拿出扇來，饒你性命。」那牛王只得回頭應戰。八戒獃性發起，仗著悟空神通，舉鈀亂揮。牛王招架不住，敗陣奔回洞門。卻被土地神和陰兵攔住，喝道：「大力王，往哪裡走？」那老牛不得進洞，急抽身。又見八戒、悟空趕來，慌得卸了盔甲，丟了鐵棍，搖身一變，變做一隻天鵝，往天空飛走。

（三）

悟空叫八戒與土地神打進門去，掃蕩群妖，拆了牛王的窩巢，絕了他的歸路。他自己收了金箍棒，捻訣念咒，搖身變成一隻海東

青（一種獵鷹，屬中型猛禽，是狩獵時的重要幫手，能襲天鵝、搏雞兔。因爲體態雄偉、羽色奇特，在遼、金和清朝時，被北方的古代帝王用於狩獵，視爲珍禽，稱爲「海東青」）。「颼」的一展翅，立刻鑽進雲裡，倒飛下來，落在天鵝身上，抱住牛王變的天鵝的頸子，啄他的眼睛。牛王急忙抖抖翅膀，變做一隻黃鷹，反過來啄海東青。悟空又由海東青變成烏鳳，專心趕黃鷹。牛王又變為白鶴，向南飛去。

悟空緊跟著變做丹鳳，高鳴一聲。

那白鶴知道鳳是鳥王，所有禽鳥都不敢妄動，刷的一翅，變做一隻在崖前吃草的香獐。悟空一見，落下翅來，變為餓虎，撲向香獐。牛王慌了手腳，又變成金錢花斑的大豹，要傷餓虎。悟空迎著風，把頭一幌，又變身金眼獅子，

聲如霹靂，鐵額銅頭，轉身要來咬大豹。牛王著急，變作羆熊，放開腳，站起來捉獅子。悟空打個滾，就變為一頭毛象，鼻似長蛇，牙如竹筍，撒開鼻子就去捲那羆熊。

牛王嘻笑，現出原身：一隻大白牛，頭如峻嶺，眼若閃光，兩隻角像兩座鐵塔，牙如利刃，長千餘丈，高八百丈。對悟空高叫：「潑猢猻！你又能奈我何？」悟空大怒，也現出原形，抽出金箍棒來，把腰一拱，喝叫：「長！」長得身高萬丈，頭如泰山，眼如日月，口似血池，牙像門扇，手執一條鐵棒，往牛王頭上就打。那牛王硬著頭，用角來觸。兩人各顯神通，真個是撼嶺搖山，驚天動地！

驚得神眾都來圍觀。那牛王急了，就地一滾，恢復本像，便朝芭蕉洞奔去。悟空也收了法相，與眾神隨後追擊。那牛王闖入洞裡，閉門不敢出來。

（四）

這時，八戒與土地、陰兵嚷嚷而至。八戒一來，抖擻威風，舉

鈀照門一擊，將石崖連門全撞到一邊去。羅剎女一聽，滿眼垂淚跟牛王說：「大王，乾脆把這扇子就送給那猢猻，讓他退兵去罷。」牛王道：「夫人啊！芭蕉扇雖小而仇恨太深了，這口氣難嚥下去。你就坐著，讓我再跟他拚去。」

那牛王重整盔甲，選了兩口寶劍，走出門來，又鬥了五十餘回，實在抵擋不住，敗下陣來，往北逃走。誰知天兵天將早就將他團團圍住。牛王四處衝殺，形同拚命。那老牛心驚膽戰，正倉惶逃命之際，又聽悟空率眾趕來，他騰雲駕霧，往上奔去。豈知托塔李天王並哪吒太子，領魚肚藥叉、巨靈神將，圍在空中，叫道：「慢來！慢來！我奉玉皇大帝旨意，特來鏟除你。」牛王急了，又搖身一變，成了大白牛，用兩隻鐵角去觸天王。隨後悟空又到，喊著：「這廝神通不小，該怎麼辦？」太子笑說：「大聖不用擔心，看我的！」

太子大喝一聲：「變！」變出三頭六臂，飛身跳在牛王背上，用斬妖劍往牛王頸上一揮，一劍就把牛頭斬下。天王剛收刀，沒料到那牛王身子裡又鑽出一個頭來，口吐黑氣，眼放金光。哪吒又補上一劍，頭才落地，居然又鑽出另一個頭來。一連砍了十數劍，隨

文學小辭典：吳承恩

吳承恩，字汝忠，號射陽山人，淮安府山陽縣（今江蘇淮安）人。是中國明代著名小說家，他所著的《西遊記》為中國古代四大名著之一。吳承恩自幼聰慧，喜歡讀野言稗史、志怪小說，頗得官府、名流和鄉紳的賞識。

嘉靖八年，吳承恩到淮安知府葛木所創辦的龍溪書院讀書，得到葛木的賞識，卻直到嘉靖二十九年、大約四十歲才補得一個歲貢生。晚年以賣文為生，約六十七歲時到過杭州，大約活了將近八十歲，晚景淒涼。

即長出十數個頭。哪吒無奈，取出火輪兒掛在那隻老牛角上，便吹三昧真火（**道教指人的元神、元氣、元精所發出的真火，稱為「三昧真火」**），把牛王燒得發狂嚎叫，搖頭擺尾。才要變化脫身，托塔天王接著拿出照妖鏡照出本相，牛王無法動彈，哀求：「饒了我吧，我情願歸佛了。」哪吒說：「既然想要活命，快拿扇子出來。」牛王說：「我妻子收著哩。」

哪吒將縛妖繩索解下，穿在牛王鼻孔裡，用手牽著，和悟空及眾人簇擁著，回至芭蕉洞口。老牛叫道：「夫人，將扇子拿出來，救我一命。」羅剎女聽叫，趕緊雙手奉上那柄丈二長的扇子，並跪在地下，磕頭說：「望菩薩饒我夫妻性命，情願將這把扇子送給孫叔叔。」悟空向前接了扇，同眾人一起駕著祥雲回去。

（五）

三藏與沙僧正坐立不安，盼望悟空回來。忽見祥雲布滿天空，滿地祥瑞之光，飄飄飆飆，等眾神快接近時，三藏害怕的說：「悟

淨，那邊是哪個神兵來了？」

沙僧一一介紹。三藏馬上換了毘盧帽，穿上袈裟，與悟淨拜迎眾聖並稱謝：「我弟子何德何能，居然勞駕列位尊聖下到凡間。」四大金剛說：「恭喜聖僧，眼看即將完成修行。我們奉佛旨來幫助你，你好好努力，不要怠惰。」三藏忙叩頭受命。

孫悟空手持扇子，靠近山邊，用盡力氣一揮，那火焰山的火焰立刻熄了。悟空又搧一扇，只聽到清風微動的習習瀟瀟，第三扇一搧，滿天烏雲，接著細雨霏霏落

精選原典

孫大聖執著扇子，行近山邊，盡氣力揮了一扇，那火焰山平平息焰，寂寂除光；行者喜喜歡歡，又扇一扇，只聞得息息灕灕，清風微動；第三扇，滿天雲漠漠，細雨落霏霏。

下。悟空轉頭看見羅剎，不禁來氣，說：「你還不快走，站在這裡等什麼？」羅剎跪說：「萬望大聖施恩，將扇子還了我罷。」八戒喝斥：「潑賤人，不知輕重。都饒了你的性命了，還敢討回什麼扇子？我們拿過山去，難道不會賣錢買點心吃？害得我們費了多少功夫還不夠嗎！」羅剎再拜道：「大聖先前不是說用完就還！我們原本也已修成人道，只是還沒修成正果。從今以後，再也不敢胡作非為。希望能要回本扇，從此改過自新。」

這時，土地神出來打圓場，說：「大聖，這羅剎知道如何能斷絕火根，不如還她扇子，讓她告訴我們方法。小神安居此地，希望能拯救這地方的人民，得些祭祀的食物，請大聖成全。」悟空說：「我聽鄉人說：『這山的火熄了，只要過了一年，就會又發。』到底如何才能根除？」羅剎說：「若要斷絕火根，只要連搧四十九扇，就永遠不會再發了。」

悟空聽完，拿起扇子，使盡力氣，往山頭連搧四十九扇，那山上便大雨淙淙。果然是寶貝！有火處下雨，無火處天晴。他們師徒所站的無火處，一滴雨也沒有。師徒等人在路邊坐了一夜，第二天

早晨才收拾馬匹、行李，把扇子還了羅剎。跟她說：「老孫若不給你，恐怕別人說我言而無信。你拿扇子回山，別再惹事。看你已經得了人身，就饒你去罷。」

那羅剎接了扇子，念個咒語，把扇子捏成個杏葉兒，含在嘴裡。拜謝了眾聖，隱姓修行去了。悟空、八戒、沙僧保護著三藏翻過火焰山，繼續徐徐西行。

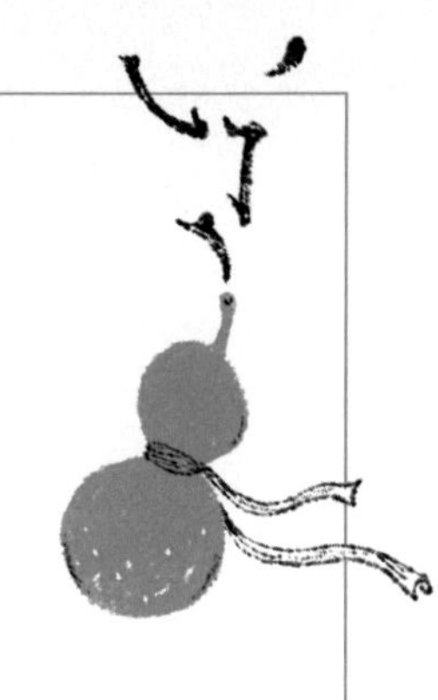

解讀與賞析

積極浪漫主義創造的奇幻世界

本文選自《西遊記》第六十一回〈豬八戒助力敗魔王　孫行者三調芭蕉扇〉。敘述孫悟空與豬八戒和牛魔王一番鬥智鬥力後，終於取得搧熄火焰山的芭蕉扇，幫助唐三藏掃除路障。

在這回之前，曾有孫悟空以智謀騙取芭蕉扇的經過；這一回著墨在孫悟空與牛魔王武力與神通的較勁上，不但孫悟空的鍥而不捨令人印象深刻，即使是反派角色牛魔王的困獸之鬥也引人同情。

這一回中，雖然逞能打鬥的場面不少，但其中穿插悟空、八戒兄弟對話；魔王與妻子的商量；土地神的居中打圓場；羅剎女的跪地求饒；芭蕉扇一揮

後的細雨霏霏，都穿插得宜，讓整個快速、緊張進行的情節得到舒緩調解，節奏性十足。而其中運用最多的變身及恢復本相，明顯可追溯到中國早期神話、志怪中的變形小說。

《西遊記》作者吳承恩用積極浪漫主義的方法，創造了一個富含想像力的奇幻世界，編織了許多引人入勝的情節，且塑造了好些個形象分明的人物。它幽默、詼諧且善用巧妙的象徵，作品緊扣取經的主題，突出主角孫悟空的思想性格。他有猴的特點、人的性情跟魔的威力；他機智勇敢，不屈不撓，是個有強烈叛逆精神的英雄。

文學小辭典：《紅樓夢》

原名《石頭記》，中國古典長篇章回小說，中國四大名著之一。原本共一百二十回，但後四十回失傳。

《紅樓夢》成書於清乾隆年間，這個時代是中國封建社會最後的盛世，繁華的表像下孕育著末世哀音，《紅樓夢》正是在此時應運而生的。

黛玉葬花

——摘自《紅樓夢》第二十六、二十七、二十八回

晚飯過後，黛玉擔心早上寶玉被他父親賈政找去，不知是否又被責罵，趕緊到怡紅院去探望。

到了怡紅院門口，只見院門緊閉，黛玉敲了門，沒料到和碧痕拌嘴鬥氣的晴雯，把氣轉移到剛進門的寶釵身上，才抱怨說：「有事沒事跑來坐著，叫我們三更半夜的不能睡覺！」這會兒又聽見有人叫門，愈發生氣，直接回說：「都睡下了，明天再來罷！」

林黛玉以為丫頭沒聽清楚是她，就又高聲說道：「是我，還不開嗎？」晴雯還真沒聽出是黛玉的聲音，使性子說道：「管你是誰，二爺吩咐的，一概不許放人進來呢！」這番話倒勾起了黛玉的心事：「父母雙亡，無依無靠，如今寄人籬下，如果認真計較，也覺

沒趣。」這一想，不禁落下淚來。

偏這時刻屋裡面又傳出寶玉、寶釵一陣說說笑笑的聲音，黛玉愈發難堪。她不由得聯想起早上寶玉跟她開了個不得體的玩笑，她曾鬧著要告狀去。「難道寶玉以為我真的這麼小器去告狀？你今天不讓我進去，難道往後就都不見面了？」她愈想愈傷心，也顧不得青苔上露水冷颼颼，花徑上北風刺骨寒，就站在牆角邊、花叢間哭

精選原典

葬花詞

花謝花飛飛滿天，
紅消香斷有誰憐？
遊絲軟系飄春榭，
落絮輕沾撲繡簾。
閨中女兒惜春暮，
愁緒滿懷無釋處；
手把花鋤出繡簾，
忍踏落花來復去。
柳絲榆莢自芳菲，
不管桃飄與李飛；
桃李明年能再發，
明年閨中知有誰？
三月香巢已壘成，
梁間燕子太無情！
明年花發雖可啄，
卻不道人去梁空巢也傾。

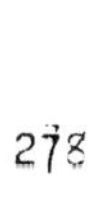

一年三百六十日，
風刀霜劍嚴相逼；
明媚鮮妍能幾時，
一朝飄泊難尋覓。
花開易見落難尋，
階前悶殺葬花人；
獨把花鋤淚暗灑，
灑上空枝見血痕。
杜鵑無語正黃昏，
荷鋤歸去掩重門；
青燈照壁人初睡，
冷雨敲窗被未溫。
怪奴底事倍傷神？
半為憐春半惱春。
憐春忽至惱忽去，
至又無言去不聞。
昨宵庭外悲歌發，
知是花魂與鳥魂。
花魂鳥魂總難留，

了起來。黛玉這一哭，驚得那附近棲息在柳枝花朵上的小鳥和烏鴉都紛紛飛起遠避，不忍再聽。

黛玉怏怏然回到瀟湘館，無精打彩的卸了妝，倚在床欄杆上，兩手環抱著雙膝，眼裡含淚，好像木雕泥塑一般。紫鵑、雪雁知她多愁善感，勸慰也是沒用，乾脆由著她悶坐，直坐到二更多天才睡下。

愛花、惜花、葬花

次日，是四月二十六日芒種節。依照習俗，此時花神退位，須要餞行。大觀園裡，大夥兒都興奮的起個大早，只有黛玉因夜裡沒睡好，起晚了。聽說眾姊妹都在園裡作餞花會（為花舉行的餞別會，是一種民間習俗。民間認為蓄積一過，便是夏日，眾花凋謝，花神退位，這一天要擺設多種禮物為花神餞行），惟恐別人取笑，連忙梳洗了出來。

剛到院中，就見寶玉進了門，笑著朝她說：「好妹妹，你昨天

鳥自無言花自羞。
願奴肋下生雙翼，
隨花飛到天盡頭。
天盡頭，
何處有香丘？
未若錦囊收豔骨，
一坏淨土掩風流。
質本潔來還潔去，
強於汙淖陷渠溝。
爾今死去儂收葬，
未卜儂身何日喪？
儂今葬花人笑癡，
他年葬儂知是誰？
試看春殘花漸落，
便是紅顏老死時。
一朝春盡紅顏老，
花落人亡兩不知！

有沒有去告我的狀？害我擔心了一整晚。」黛玉沒理他，只回頭吩咐紫鵑：「把屋子收拾、收拾，放下一扇紗屜，看那大燕子回來，把簾子放下來，拿壓簾子用的石獅子鎮住，燒了香後，就把香爐罩上。」一邊說、一邊往外走。

寶玉以為黛玉還在為昨天早上的玩笑生氣，根本不知她昨晚在怡紅院門口委屈的吃了閉門羹。林黛玉沒用正眼看他，出了院門，找別的姊妹去了。寶玉納悶，心想：「看起來不像是為昨天的玩笑，但昨日我回來時已經晚了，也沒有見著她，真想不出我又怎麼得罪她了？」

寶玉跟著走出去，卻不見了林黛玉，確定黛玉是刻意躲著他了。想了想，索性晚個兩天，等她氣消了再說。他低頭看見許多鳳仙、石榴等各色花朵落了一地，不禁感歎：「黛玉真是生氣了，連落花也不再收拾；等我給她送過去，明天再問問她到底是怎麼一回事。」說著，便把那些落花兜了起來，登上小山、渡過小橋，行經樹蔭、穿過花叢，直奔前些日子林黛玉葬桃花的地方。

一朝春盡紅顏老，花落人亡兩不知

才剛走到花塚，還沒轉過山坡，忽然聽到山坡那邊傳來好傷心的嗚咽之聲。寶玉心想：「這是哪房裡的丫頭受了委曲，跑到這地方來哭？」一面想，一面停住腳步，聽她哭道：「花謝花飛花滿天，紅消香斷有誰憐？游絲軟繫飄春榭，落絮輕沾撲繡簾。閨中女兒惜春暮，愁緒滿懷無釋處，手把花鋤出繡閨，忍踏落花來復去。……質本潔來還潔去，強於汙淖陷渠溝。爾今死去儂收葬，未卜儂身何日喪？儂今葬花人笑癡，他年葬儂知是誰？試看春殘花漸落，便是紅顏老死時。一朝春盡紅顏老，花落人亡兩不知！」

寶玉聽了，不覺癡倒。

原來林黛玉因昨夜晴雯不開門，錯怪了寶玉。這天，又巧遇餞花之期，舊恨未去，新愁又起，掩埋殘花落瓣時，不由得邊哭邊吟了幾句。不想寶玉在山坡上聽見，一開始只是點頭感歎，後來聽到「儂今葬花人笑癡，他年葬儂知是誰」、「一朝春盡紅顏老，花落人亡兩不知」等句子，不禁在山坡上痛斷肝腸，懷裡兜著的落花也

因此撒了一地。

他揣想林黛玉的花容月貌，有朝一日也將老去或死去，豈不讓人心碎！而不但黛玉如此，其他園內的寶釵、香菱、襲人等，屆時也將無處尋覓。而這些美麗的女子都不見了，到時候，自己又在哪裡？再往下推，既然自己都不知往何處去了，這個地方，這個園子，這些花兒、柳樹，也就不知道歸於誰家了……這樣反覆推論下去，簡直對自己此時此刻的存在感到萬分迷惘，「是不是只有離開人間才能解釋這悲傷啊？」忍不住感傷起來。

這時的林黛玉正陷入無限的憂傷沮喪裡，忽然聽到山坡上也有哀歎的聲音，心想：「人人都笑我有些癡病，難不成世間還另有一個癡子不成？」她抬頭一看，這人居然是寶玉！便罵：「我說是誰，原來是你這個狠心短命的……」才說到「短命」二字，又把口掩住，長歎了一聲，抽身走了。

寶玉從悲慟中抬頭，不見了黛玉，知道黛玉躲他，自己也覺無趣，拍了拍身上的塵土，站起身來，往怡紅院去。可巧看見林黛玉走在前頭，連忙趕上前去，說：「你且站住。我知你不理我，但我

文學小辭典：曹雪芹

曹雪芹，字夢阮，號雪芹、芹圃、芹溪。曹雪芹的先世是以軍功起家的漢人，曹家隸屬正白旗，至康熙時曾有過一段興旺顯赫的時光。

曹雪芹的祖父曹寅很得康熙器重，當過江寧織造，但曹寅故去後，曹家也迅速衰敗，並於雍正五年被抄家。曹雪芹正好經

歷了曹家由盛而衰的轉折，他的童年時代過的是錦衣玉食的生活，成年以後反而日趨潦倒。

曹雪芹性格豪放，口才極佳，才華橫溢，愛喝酒，工詩善畫。由於他嗜酒狂放，朋友把他比作晉朝的阮藉，他甚至窮困到「舉家食粥」的地步，常常要靠賣畫來換酒喝，隱居於北京西郊，後因為幼子夭折，傷感過度，擱筆長逝，死時不到五十歲。

只說一句話，從今以後，我就放開手。」林黛玉聽他話裡彷彿有文章，便停下腳步，說：「既是一句，那就請說吧。」寶玉笑道：「那如果是兩句，你聽不聽？」黛玉不管，回頭就走。

既有今日，何必當初

寶玉在身後歎口氣說：「既有今日，何必當初！」林黛玉聽見這話，不由得回問：「當初是怎樣？今日又如何？」寶玉說：「當初姑娘來了，哪一次不是我陪著玩笑？只要我喜歡的，姑娘要，就拿去；我愛吃的，聽見姑娘也愛吃，連忙乾乾淨淨收著等著給姑娘吃。一桌子吃飯，一床上睡覺。丫頭們想不到的，我怕姑娘惱怒，替丫頭們先想到了。誰知如今姑娘人大心大，不把我放在眼裡了，倒把不相干的什麼寶姐姐、鳳姐姐往心上放，對我三日不理、四日不見的。」說著，不覺掉下淚來。

黛玉聽了這話，低頭不語，也哭了。寶玉又說：「我也知道我如今不好了，但就算我再不好，也萬萬不敢在妹妹跟前有錯處。就

算有錯，你也該教教我，罰我或罵我兩句、打我兩下都行。誰知你總不理我，叫我摸不著頭腦，少魂失魄，不知怎麼樣才好。就算死了，也是個屈死鬼。」

黛玉聽了，不覺將昨晚的事都忘在九霄雲外，說：「你都這樣說了，昨兒為什麼我去了，你不叫丫頭開門？」寶玉詫異問：「這話從何說起？我要是這樣，立刻就死了！」黛玉罵道：「大清早的，死呀活的，也不忌諱！你說有呢就有，沒有就沒有，起什麼誓！」寶玉說：「我真的沒聽到你去，只有寶姐姐坐了會兒，就出來了。」

林黛玉笑道：「是了！想必是你的丫頭們懶得動，惡聲歪氣的。」寶玉道：「等我回去問出是誰，得教訓教訓她們。」黛玉道：「你的那些丫頭們也真該教訓教訓了，今天得罪了我事小，倘或明天什麼寶姑娘來、貝姑娘來也得罪了，事情豈不大了。」說著，抿著嘴笑。寶玉聽了，又是咬牙又是笑的，還真是拿黛玉沒法子啊！

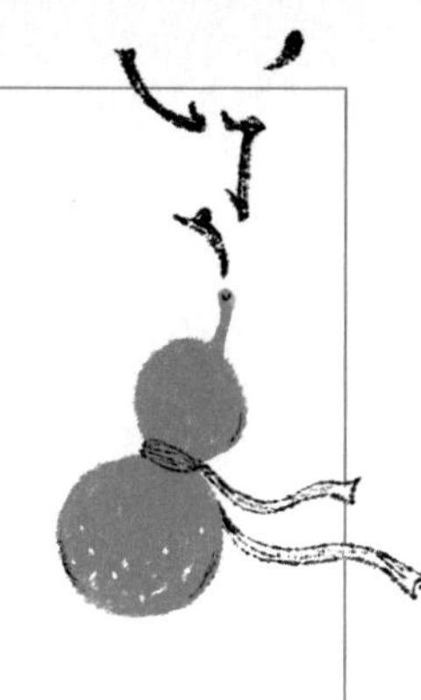

解讀與賞析

奢華靡爛難逃崩潰滅亡

曹雪芹的《紅樓夢》可以說是我國章回小說的經典之作。作者用榮國府和寧國府兩家由興轉衰的這個基本線索，貫串許多大大小小的情節。他仔細描寫大家庭裡的日常生活，預言奢華靡爛難逃崩潰滅亡的命運，家庭如此，國家也是一樣。

其中，寶玉、黛玉和寶釵的三角戀情最受讀者矚目。寶玉和黛玉在性情和人生態度各方面都契合無間，是人生的知己；可是，兩人之間，始終橫個寬厚賢慧、深得長輩緣的寶釵。何況寶玉生下來便口中含玉，寶釵有和尚送的金鎖，黛玉始終受困於寶玉、寶釵間的「金玉良緣」宿命論。而現實果然

無情，寶、黛的「木石前緣」果然不敵「金玉良緣」，戀情不得善終。

〈黛玉葬花〉的情節，摘選自《紅樓夢》第二十六、二十七、二十八回，主要在寫寶玉和黛玉的性靈相通。黛玉因為愛花、惜花而葬花，是對美好事物的嚮往、珍惜與悼念；寶玉聽到黛玉吟誦〈葬花詩〉後，不覺癡倒，而引發他對人生無常的喟歎。

在這樣的主線下，讀者還可以從字裡行間窺見黛玉對寶釵的吃醋、對愛情可能不保的恐懼，連帶看出寶玉對黛玉是如何體貼入微、包容周到及兩人間的至情至性。

古典其實並不遠
中國經典小說的25堂課

作者——廖玉蕙

出版事業部副社長／總編輯——許耀雲
副總監——吳毓珍
主編——吳令葳
責任編輯——吳毓珍
繪圖暨美術設計——王書曼
封面設計——黃育蘋

國家圖書館出版品預行編目(CIP)資料

古典其實並不遠：中國經典小說的25堂課／廖玉蕙著.
-- 第一版. -- 臺北市：遠見天下文化，2014.05
面； 公分. --（Classics；FC009）
ISBN 978-986-320-479-4（平裝）

1. 古典小說 2. 文學評論

827.2 103009689

出版者——遠見天下文化出版股份有限公司
創辦人——高希均、王力行
遠見．天下文化．事業群 董事長——高希均
事業群發行人／CEO——王力行
出版事業部副社長／總經理——林天來
版權部經理——張紫蘭
法律顧問——理律法律事務所陳長文律師
著作權顧問——魏啟翔律師
地址——台北市104松江路93巷1號2樓
讀者服務專線——02-2662-0012
傳真——02-2662-0007；02-2662-0009
電子信箱——cwpc@cwgv.com.tw
直接郵撥帳號——1326703-6號 遠見天下文化出版股份有限公司

製版廠——中原造像股份有限公司
印刷廠——中康彩色印刷事業股份有限公司
裝訂廠——明輝裝訂實業有限公司
登記證——局版台業字第2517號
總經銷——大和書報圖書股份有限公司 電話（02）8990-2588
出版日期——2014年5月30日第一版第1次印行
定價／380元 ISBN：978-986-320-479-4（平裝） 書號：FC009 未來出版 www.bookzone.com.tw